스케일이 큰 한국판 판타지연작동화

Ⅱ 야옹개비 눈 야해와
황금보자기

김삼동 판타지동화

1

The샘

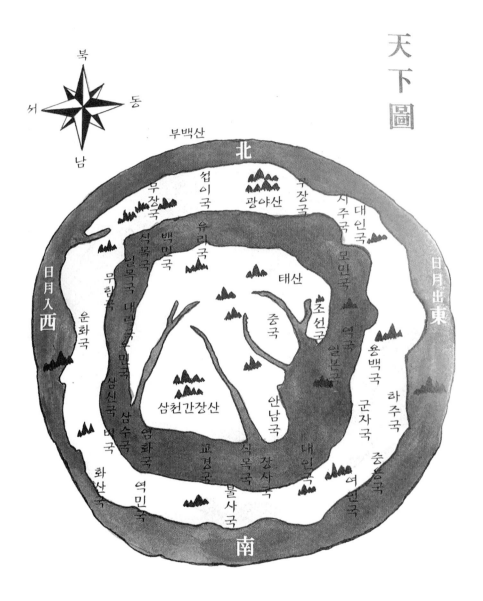

천하도는 작가 미상이며 조선시대에 만들어졌다는 이야기가 있습니다.
위 천하도의 나라명은 이야기 전개를 위해 일부만 표기하였습니다.

스케일이 큰 한국판 판타지연작동화

Ⅱ 야옹개비 눈 야해와 황금보자기

김삼동 판타지동화

1

The 삼

Ⅱ 야옹개비 눈 야해와 황금보자기 1권

1판 1쇄 펴낸날 2019년 1월 30일

발행인   김삼동
글 & 그림   김삼동
편집디자인   김초롱

발행처   도서출판 THE삼
출판등록   2017.3.13(제25100-2017-000029)
주 소   (03427)서울시 은평구 서오릉로21길 36 현대@101동 401호
전 화   02)383-8336, 010-2382-0367
이메일   ksd0366@naver.com
ⓒ김삼동 2018

도서출판 THE삼은 문학브랜드입니다.

1 권

★ 등장인물과 용어 풀이

빛	12살 인간 아이, 여의주를 삼키면서 회색세계와 사바세계(인간세계)를 오고 가는 삶을 산다. 두 세계를 구하라는 숙명을 타고 났다. 회색세계에서는 빛깨비 또는 아옹개비 눈 아해라고 부른다.
신비	마술사의 딸, 엄마 아빠가 황금보자기를 쓰고 사라짐.
장미	점술가의 딸, 황금보자기를 찾으러 빛과 신비와 함께 함
꼬비	12살 도깨비, 빛이 회색세계와 사바세계를 오가는데 도움을 준다.
가다니	카멜레온처럼 위장의 천재인 가랑잎네발나비의 애벌레 사령, 빛이 회색세계에 있을 때 도움을 준다.
사이긴령	죽어서 원한 때문에 사바세계에서 떠나지 못한 귀신, 인간인 빛을 없애려 한다. 악령요람에서는 사자가면을 쓴다.
굴왕신	무덤을 지킨다는 남루한 귀신
미흑성	지하의 세계
심어 목어	인간들은 마음으로 주고받는 텔레파시 또는 정신적 교감이라 하고 무사들은 심어라고 한다. 쉽게 말해 그자의 표정을 보고 있으면 무슨 말을 하려는지 그 심중을 헤아리는 말이나 느낌.
눈말	눈빛으로 하는 말
늑대어	수많은 말도 두세 음절을 음의 높낮이를 이용해 표현함
독심술	눈과 눈 주위의 근육을 움직여서 표현하는 말
독순술 독순법	입모양을 보고 상대의 말을 아는 방법

1.

마법이 걸린 굴로

빛은 어젯밤 잠을 설쳤다.

새벽이 되어서야 잠들었는데, 악령요람 학생들이 쿵쾅대는 소리에 잠이 깼기 때문이다. 방학이 되어서 학생들이 집에 가려고 새벽부터 난리법석을 떨었다. 마치 침대와 책상 심지어 문의 손잡이까지 모두 떼어 가는 것 같았다. 목소리는 듣지 못했지만 숫다리와 그의 패거리들일 거라고 확신하였다. 왜냐하면 왕추 아저씨가 사라지게 한 원인이 빛 때문이었으니까,

자려는 걸 포기했다. 이유는 의식이 깨어 있기만 하면 머릿속에 떠오르는 것들 때문이었다.

식물인간이 된 가짜 빛과 아빠는 잘 지내고 있는지. 사라졌다는 엄마와 동생 시아는 집에 돌아왔는지. 여의주를 먹고 아옹개비 눈

아해가 된 사실을 부모님께 어떻게 설명해야 될지, 도깨비 꼬비는 만날 수 있을지 그리고 왕추 아저씨는 정말 사라졌는지, 왕추 아저씨가 없으면 악령요람은 위험에 빠진다는데……, 무엇보다 자신이 회색세계로 가게 되는지 아니면 인간세계로 가게 되는지…….

생각뭉치들이 잠을 자게 내버려두지 않았다.

한 시간쯤 지났을까.

기숙사에서 악령요람 학생들이 모두 빠져 나갔는지 조용하였다.

그때, 교감 흰비할미가 악령요람에서 빨리 나가지 않으면 사령경찰이 잡아갈 거라고 외치고 다녔다. 워낙 다급한 목소리여서 빛은 물건을 닥치는 대로 챙겨들고 기숙사를 빠져나왔다. 교실 밖에는 심부름꾼인 주이령 하나 보이지 않았다. 놀리거나 비웃던 눈깨비조차 겁먹은 눈이었다. 하늘은 금방이라도 소나기가 쏟아질 듯이 어두웠다.

악령요람 밖으로 나가는 문이 잠긴 건 아닌가라는 생각이 들자 겁이 덜컥 났다.

빛은 팔두 아저씨가 지키는 쪽문을 향해 달렸다. 문이 닫혔다면 팔두 아저씨에게 밖으로 내보내달라고 사정할 생각이었다.

누군가가 되쫓아 오는 것 같아서 돌아다보았다. 시커먼 먹물을 뒤집어 쓴 악령요람 건물과 나무들뿐이었다.

'사령들이라면 나무에 얼마든지 숨을 수 있지'라는 생각이 들자 고개가 또 한 번 절로 돌아갔다. 왜냐하면 사령들은 갈색 또는 검은 망토를 뒤집어써서 그림자와 구분할 수 없기 때문이었다.

달렸다.

가면창고를 지나자 왕추 아저씨의 사무실이 보였다. 지붕과 벽이 폭탄을 맞은 듯 부서져 있었다. 남은 부분도 왕추 아저씨를 미워하는 온갖 욕설과 흉측한 그림들로 흉물스러웠다.

어젯밤 퉁이가 왕추 아저씨 사무실을 부수러 가겠다고 했을 때, 퐁이가 퉁이의 팔을 붙들고 설득하느라 애먹었다. 왕추 아저씨와 나쁜 감정이 있다고 행동으로 옮기면 안 된다고, 2학년과 3학년 학생들이 부수러 간 걸 따라 하지 말라고 했다. 올해도 작년처럼 악령요람에서 쫓겨날 작정이라도 했느냐는 말에 퉁이는 고개를 숙였다.

빛은 왕추 아저씨의 사무실을 부수기로 퉁이와 약속했었다. 가면을 벗길 위기에서 퉁이가 수차례나 구해주었다. 그래서 그의 청을 거절할 수 없었다. 솔직히 말해서 누군가 등을 떠밀면 못 이기는 척 따라가려고 하였다. 그때까지는 왕추 아저씨가 미웠었다.

'왕추 아저씨, 죄송해요.'

빛은 진심으로 빌었다.

어젯밤에 퐁이의 말을 듣고 왕추 아저씨에 대하여 조금 이해할 수 있었다. 왕추 아저씨는 12,000년 동안 비밀에 싸인 악령요람이 문명이 발달한 인간에게 알려지는 것을 반대하였다. 하지만 하비 교장은 회색세계와 사바세계를 지킬 수 있다면 인간 아해도 악령요람에 입학을 허락해야 한다는 생각이었다.

이 문제에 대해 두 사람의 의견이 달라 악령요람의 앞날이 순탄치 않을 거라는 의견이 많았다.

팔두 아저씨의 사무실은 악령요람에 입학할 때 봤던 그대로였다.

돌과 흙으로 지은 작은 기와집이었다.

"빛깨비, 난 네가 늦잠 자는 줄 알았다."

팔두 아저씨가 창밖으로 여덟 개의 머리를 내밀고 말했다. 안도하는 눈빛을 보자 걱정 많이 하고 있었다는 것을 알 수 있었다.

"잠을 자지 못했어요."

빛은 친근한 이웃집 아저씨에게 이야기 하듯 말했다.

"나도 숯다리 패거리들이 떠들며 지나가는 소리를 들었다. 널 일부러 잠을 자지 못하게 하려고 방방 뛰었다더라."

'맞아요.'

빛은 다 잊어버렸다는 듯이 씩 웃었다.

"왕추 아저씨가 진짜 사라진 거예요?"

"빛깨비, 난 네가 걱정이 된다!"

팔두 아저씨가 나무랐다. '사바세계와 회색세계를 구할 네가 왕추 아저씨를 걱정할 겨를이 없다'라는 충고 였다. 팔두 아저씨는 빛이 악령요람에 입학할 때, 인간 아해는 안 된다고 하비 교장에게 따졌었다. 이일로 훗날 하비 교장에게 불이익이 있을까 봐 염려 때문일 거라고 빛은 생각했다.

빛은 팔두 아저씨의 큰 눈을 살폈다. 왕추 아저씨가 사라진 것 때문에 걱정하는지 팔두 아저씨의 생각을 읽을 수 없었다.

퐁이가 '맹세하건데……'하며 꺼낸 말이 문득 떠올랐다.

11,500년 동안 악령요람은 외부의 침입과 약탈과 방화, 휴업을 수십 차례나 겪었다는 이야기와, 왕추 아저씨가 악령요람을 500여 년 동안 지키면서 무사하였다는 이야기였다. 왕추 아저씨의 술법은

외부 침입자를 막기 위해서 악령요람을 숲이나 폐허로 위장시키거나 멀리 옮겨서 위기를 피했다. 이러한 술법을 사용하는 왕추 아저씨를 능가하는 자가 회색세계에는 없다고 하였다.

이런 사실을 팔두 아저씨가 모를 리 없다.

"왕추 아저씨는 돌아올 거예요. 내일이라도 돌아와서 악령요람을 지킬 거예요."

빛은 말했다. 왕추 아저씨가 악령요람을 지키지 않으면 위험에 빠진다는 퐁이의 말이 켕겼다.

"걱정 마라. 왕추 아저씨가 악령요람을 지키지 않아도 사령청에서 보낸 사령경찰이 잘 지킬 것이다."

더 이상 왕추 아저씨 이야기는 꺼내지도 말라고 못을 박았다. 화난 목소리로 보아 왕추 아저씨가 가면 사건 때문에 악령요람에서 굳이 나가야했겠느냐는 불만을 우회적으로 내뱉는 것 같았다.

"팔두 아저씨께서 왕추 아저씨가 어디 있는지 찾아보면 안 될까요?"

"깨비야. 사령경찰이 바보인 줄 아느냐!"

팔두 아저씨가 야단쳤다.

우우우~!

그때 기이한 울음소리가 악령요람에서 났다. 마치 늑대가 우는 소리 같았다.

'악령요람에서 빨리 나가라는 경고 소리다!'

팔두 아저씨의 눈들이 정문을 바라보았다.

굳게 닫힌 육중한 돌문이 마녀의 성문처럼 괴기해 보였다. 그 위로 한 무리의 검은 물체가 이리로 빠르게 다가오는 게 보였다.

빛은 영문도 모른 채 팔두 아저씨의 손에 이끌려 집무실 안으로 짐짝처럼 끌려갔다. 어깨가 문설주에 부딪혔지만 아픈 것도 잊고 밖을 보았다.

하늘에는 수십 마리의 검은 사령견을 앞세우고 사령경찰들이 구름처럼 몰려오고 있었다. 그들은 머리와 몸을 검은 천으로 가렸는데, 어깨에는 경찰임을 알리는 해골모양의 견장이 있었다. 그리고 손에는 기이한 모양의 무기들이 있었다. 견장만 빼면 해우소에서 나타났던 사령들과 닮았다.

'빌어먹을! 제까짓 게 사령경찰이면 경찰이지……!'

팔두 아저씨가 욕설을 퍼부었다. 문을 통해 들어오지 않아서 화가 났던 것이다.

사령경찰들은 정문과 악령요람 1관과 2관, 3관으로 무리 지어 흩어졌다. 뒤를 이어 붉은색 천을 몸에 두른 한 무리의 사이긴령들이 날아왔다. 그중 사이긴령 둘이 무리에서 빠져나와 팔두 아저씨의 사무실 쪽으로 오고 있었다.

'붉은 전사들에게 붙들리면 끝장이다. 어서 이쪽으로 도망쳐라.'

팔두 아저씨가 문을 연 곳은 목욕하러 들어갔던 동굴이었다.

"벽에 있는 바위를 밀면 그중 하나가 열릴 것이다. 그리로 도망치거라. 행운을 빈다!"

팔두 아저씨가 다급하게 외쳤다.

빛은 가면을 벗어서 책상 위에 던지고 동굴로 들어갔다.

"이리로 가면 어디로 나오는 거예요?"

물었을 때, 팔두 아저씨는 머리와 몸으로 창문을 가린 채 붉은 전사가 가까이 오는 걸 보고 있었다. 일부러 막았다는 걸 한눈에 알 수 있었다.

'위험이 닥쳐도 네가 누구인지 잊지 마라!'

팔두 아저씨의 작은 머리 하나가 으르렁거렸다.

빛은 마지막 인사를 하고 고개를 들었다. 문을 닫아서 팔두 아저씨는 보이지 않았다.

돔처럼 생긴 목욕탕 안에는 수증기 때문에 앞이 잘 보이지 않았다. 붉은 전사들이 아해를 어디에 숨겼느냐고 팔두 아저씨를 몰아세우는 고함소리가 들렸다. 두 차례나 더 있었지만 팔두 아저씨의 목소리는 듣지 못했다. 시간을 끌기 위해서 팔두 아저씨가 입을 다물었을지도 모를 일이었다.

팔두 아저씨는 큰 머리 하나에 작은 머리 일곱 개가 있다. 빛은 처음에는 팔두 아저씨를 보고 두려워했었다. 하지만 그는 무뚝뚝하지만 믿음직한 아저씨였다. 그래서 하비 교장도 그를 믿었다.

빛은 숨소리조차 내지 않고 벽을 조심스럽게 더듬었다. 벽은 평평한 커다란 바위로 쌓아 만들었다. 바위를 하나씩 밀어보았다. 그중 바위 하나가 빙그르르 돌면서 굴이 보였다.

차갑고 습한 공기가 온몸으로 와락 달려들자 몸이 바르르 떨렸다.

굴에 들어서자, 바닥에 우뚝 솟아난 바위들이 각종 동물 형상으로 보였다.

'바위가 아무리 무서운 괴물처럼 생겼어도 바위는 바위다.' 라고 생각하자 두려움은 사라졌다. 그렇다고 4~5미터 우뚝 솟은 바위나 움푹 들어간 벽을 지나칠 때는 아무 것도 없다는 걸 확인한 뒤에야 안심이 되었다.

빛은 자신이 발을 들여놓은 동굴이 사령들도 피하는 동굴인지 몰랐다. 그가 생각하는 동굴이란 가족과 갔던 광명 동굴이나 강원도 태백시에 있는 용연동굴 쯤으로 생각했다.

팔두 아저씨는 이점을 노렸다. 옛 속담에 하룻강아지 범 무서운 줄 모른다는 속담이 있듯, 동굴에 대해 모르는 게 빛이 용기를 낼 수 있다는 판단이었다.

빛은 어둠이 익숙해지자 걸음이 빨라졌다.

50여 미터 나아갔을 때, 5~6미터 크기인 돌기둥들이 많았다. 돌기둥 끝에는 두 개의 푸른빛이 눈처럼 번득였다. 머리 모양은 남아메리카와 아마존 강에 산다는 아나콘다를 닮았다. 그 중에는 지네를 닮은 돌기둥도 있었다. 호기심에 만져보면 표면이 거칠고 검푸른 빛이 반짝이는 돌에 불과했다. 20여 미터를 더 나아가자, 굴 중앙에는 10여 미터 되는 돌기둥 하나가 위협적인 자세를 취하고 있었다. 마치 코브라가 머리를 쳐들고 위협하는 모습 같았다.

빛은 악령요람에 입학하러 가던 날 악령의 숲에서 겪었던 일이 떠올랐다. 뒤돌아보지 마라. 먹지 마라. 마시지 마라 등 금기를 어겼을 때 바위로 변한 사람과 동물들을 보았다. 이곳 구렁이와 지네도 금기를 어겨서 바위로 변했으리라 여겼다.

머리카락이 쭈뼛 섰다.

안전할 것 같아 보이는 너붓한 바위에 발을 내딛었다. 순간 으으으! 괴로운 신음소리와 함께 발을 내딛는 쪽으로 바위가 기우뚱거렸다. 재빨리 바위 중심으로 자리를 옮겼다. 바위가 안정을 되찾는가 싶더니 오른쪽 방향으로 움직였다.

그때 쉿쉿! 뱀이 혀를 날름거리는 소리가 사방에서 들렸다.

몸이 바짝 얼어붙고 머리털이 곤두섰다. 몸을 낮추고 공격 자세를 취했다.

'이야기만 들었던 마법에 걸린 굴인가? 아니면 덫?'

빛은 외부 침입자가 악령요람에 드나들지 못하게 덫이나 마법을 건 굴이 있다는 말을 퐁이한테 들은 바가 있었다.

2.

가이루영과 제니령의 습격

중앙에 있는 큰 돌기둥이 꿈틀거렸다.

그러자 주위에 있는 돌기둥들도 따라 꿈틀거렸다.

가뭄에 땅이 갈라지듯 돌기둥의 표면이 투둑 툭! 툭! 소리를 내며 금이 갔다. 금이 간 돌들이 하나 둘 떨어져나갔다. 그제야 바닥에 인간의 뼈와 이름을 알 수 없는 동물 뼈들이 쌓여 있는 게 보였다.

스스스스스!

표면이 모두 떨어져 나가자, 괴물의 머리와 몸통이 드러났다.

푸른빛의 눈동자가 움직였다. 이빨이 있는 구렁이였다. 또 다른 괴물의 몸은 황갈색 갑옷에 백여 개의 다리와 턱이 있는 지네였다. 둘 다 몸의 길이는 15미터가 훨씬 넘었고 나무밑동처럼 굵었다.

몸을 반쯤 세운 구렁이는 혀를 날름거렸고, 지네는 큰 턱을 딱딱 부딪치며 위협했다.

빛은 겁먹지 않았다는 걸 보여주려고 괴물들을 노려보았다.

사방에서 괴물들이 빛의 주위로 몰려들었다.

'팔두 아저씨가 나를 함정에 빠뜨린 것은 아닐까? 아니면 사이긴 령이 팔두 아저씨로 변신해서 날 죽이려고 하는 것은 아닐까?'

의심을 품었다가 마음을 고쳐먹었다. 팔두 아저씨는 하비 교장이 신임하였고, 자신이 인간 아해라는 사실도 숨겨 주었었다.

가까이에 있는 지네 하나가 희뿌연 독을 뿜었다.

빛은 허리를 굽혀서 피했다.

"저리 가!"

빛은 괴물들이 다가오지 못하게 주먹을 휘둘렀다. 가진 거라곤 팽이와 도시락, 물통, 운명시계 그리고 머리에 쓴 도깨비감투뿐이 어서 위협을 줄만 한 무기가 없었다. 돌멩이라도 주워보려고 했지 만 어림도 없었다. 한발이라도 뗄라치면 바위가 기우뚱거려서 몸의 중심이 흐트러졌다. 그렇다고 당황한 모습이나 두려운 기색을 보여 도 안 되었다. 용기가 무기였다.

"가까이 오지 마!"

빛은 크게 소리쳤다.

괴물들은 눈 하나 깜박이지 않았다. 오히려 녀석들은 쉭쉭! 늑대 어로 농담을 주고받았다. '아직 젖먹이잖아?', '1미터 40센티미터도 안 되는 꼬마를 가지고 놀아 봐?', '꼬리로 감아서 물고기 낚시 하 면 알맞겠는데.', '백여 개의 다리로 가지고 놀면 더 재미있을 거야.' 등등, 낄낄거리며 의도적으로 화를 돋웠다.

빛은 이들의 비열한 속셈에 속지 않았다. 덤빌 테면 덤비라고 크게 외쳤다. 마치 수십 마리의 코끼리 앞에서 새끼 호랑이가 막 돋아난 송곳니를 내보이며 으르렁거리는 꼴 같았다.

시이잇!

오른쪽에 있던 지네가 빛의 목을 물려는 순간이었다.

쾅! 소리가 나며 오른쪽 벽이 무너져 내렸다.

나흘마 아저씨였다. 벽을 뚫고 나오느라 주둥이에서 검붉은 피가 뚝뚝 떨어졌다. 그 주둥이로 지네의 목을 덥석 물었다.

크악!

지네가 몸부림치며 비명을 질렀다.

예상치 못한 나흘마 아저씨의 등장에 잠시 주춤했던 괴물들이 다시 다가왔다.

이번에는 구렁이가 공격하자, 나흘마 아저씨가 앞다리로 휘둘러서 구렁이를 쓰러뜨렸다.

꾸욱꾹! 꾹!

"싸움은 나에게 맡기고 금지된 숲에서 배운 대로 단전호흡을 해라!"

나흘마 아저씨가 늑대어로 명령했다.

"아저씨는요?"

나흘마 아저씨는 구렁이와 싸우느라 빛의 말을 듣지 못했다.

빛은 자리에 정좌하고 눈을 감았다. 스님의 가르침 데로 천천히 숨을 들이쉬었다가 내쉬길 수차례. 온몸이 불덩이처럼 달아오르고 피부가 터질 것 같은 고통을 느꼈다. 진시황제도 먹어보지 못했을 약기운을 느꼈다.

눈을 떴다.

구렁이 한 마리가 나흘마 아저씨의 몸을 친친 감아서 숨통을 조였고, 지네의 턱은 나흘마 아저씨의 목을 물고 있었다.

나흘마 아저씨의 쭉 뻗은 두 다리가 바르르 떨었다.

"죽으면 안 돼요!"

빛은 울부짖었다. 회색세계에서 나흘마 아저씨는 부모님과 같은 존재였다.

자신을 위협하는 구렁이의 머리를 두 손으로 힘껏 움켜잡았다. 단단한 구렁이의 머리가 바스러졌다. 그리고 고통스럽게 몸부림치는 구렁이를 뱅뱅 휘둘렀다가 던졌다. 다가오던 십여 마리 구렁이가 던진 구렁이에 맞아 쓰러졌다. 이번에는 달려들던 지네의 턱뼈를 향해 주먹으로 쳤다. 지네의 턱뼈가 부러졌다.

등 뒤에서 지네가 어깨를 물었다. 빨래집게로 물린 것처럼 살짝 아팠다. 등을 문 지네 머리를 잡아 두 손으로 턱을 잡아당겼다. 그러자 턱뼈는 나뭇가지 부러지듯이 부러졌다. 지네가 고통스러운지 몸이 파도처럼 움직였다.

주먹의 힘은 어찌나 센지 한번 휘두를 때마다 괴물들의 목이 부러지거나 머리가 박살이 났다.

사방에서 괴물들이 한꺼번에 덤벼들었다. 구렁이는 큰 입으로 빛을 통째로 삼키려들었고, 지네는 독을 뿜어서 빛을 마비시키려고 했다.

빛은 코를 통해 들어간 독 때문에 머리가 어질어질하기 시작하였다.

자칫하면 이들의 먹이나 죽을 수도 있다는 생각이 퍼뜩 들었다. 그래서 바위가 많은 곳으로 괴물들을 유인하였다. 발 앞에 있는 바위를 들어서 괴물들을 향해 던졌다. 구렁이와 지네들은 바위에 맞아 목이 부러지거나 턱뼈가 덜렁거렸다. 살아남은 녀석들은 중국영화에 나오는 강시처럼 죽음을 무릅쓰고 덤벼들었다.

바닥에는 다친 괴물들의 몸뚱이들로 산더미처럼 쌓였다.

치열한 싸움은 빛이 유리한 쪽으로 흘렀다.

빛의 힘은 강하고 몸도 바위처럼 단단하다는 것을 괴물들이 알고 섣불리 다가오지 못했다.

빛은 나흘마 아저씨의 몸을 감았던 구렁이의 머리를 움켜쥐었다. 머리뼈는 삶은 달걀처럼 소리를 내며 바스러졌다. 나흘마 아저씨의 통통 부은 몸은 지네의 독이 퍼져서 황금빛이었던 색깔이 검붉게 변했다.

빛도 나흘마 아저씨의 몸처럼 몸이 통통 부어서 붉었다. 몸과 손놀림이 둔했다.

"나흘마 아저씨! 죽으면 안 돼요!"

"내 걱정은 말고……!"

나흘마 아저씨가 숨을 가쁘게 몰아쉬었다.

"저, 저 놈을……!"

나흘마 아저씨가 가리킨 구렁이는 붉은 구렁이였다. 다른 구렁이보다 머리와 몸뚱이가 두 배는 크고, 눈빛도 사나웠다.

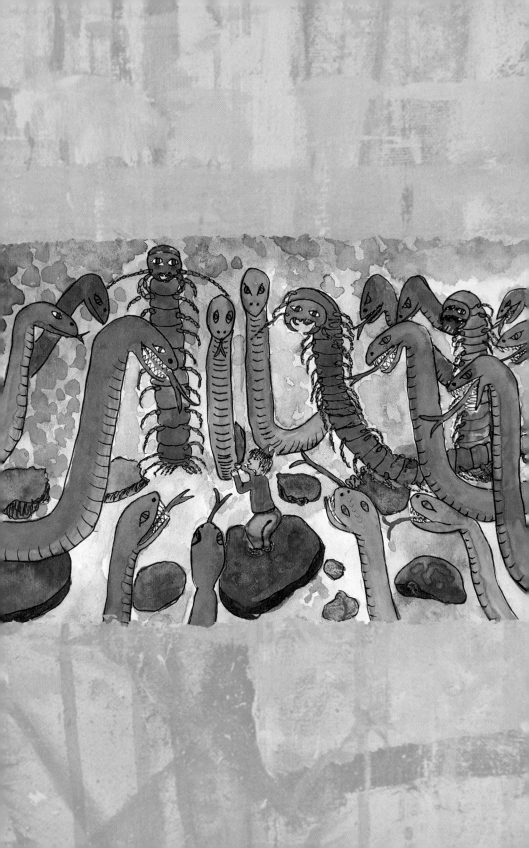

쉬이잌! 쉬이잌!

"으흐흐흐! 네 녀석이 아해 금빛이구나! 널 아옹개비 눈 아해가 되기 전에 없앴어야 했는데 말이다!"

구렁이가 늑대어로 사악하게 말했다.

"네 놈이 날 죽이려고 했다고?"

빛은 두렵지 않다는 것을 보여주려고 크게 소리쳤다.

"이제 죽을 목숨이니 이야기하마. 그렇단다. 꼬마야!"

빛은 어제 일처럼 기억이 또렷했다.

밤마다 구렁이가 여자아이로 변신하여 자신을 데리고 마당을 돌았다. 지우령과 복지우령이 사는 팽나무로 유인하여 죽이려고까지 하였다. 빛은 여자아이가 눈앞에 있는 구렁이었다는 사실을 알자 화가 치밀었다.

"네 녀석 때문에 나와 내 친구들이 3개월 동안 바위에 갇혀 지냈단다. 그 빚을 갚아주마!"

"나도 가만 안둘 거야!"

"하룻강아지 범 무서운 줄 모른다더니. 널 두고 한 말이구나. 이번에는 반드시 네 녀석을 없애주마!"

붉은 구렁이가 몸을 오륙 미터 곧추세우고 다가왔다. 날름거리는 혀가 어찌나 긴지 목을 둘둘 감아서 조일 것만 같았다.

"덤벼! 덤비라고!"

빛은 지네의 독이 퍼진 몸을 부풀리며 주먹을 들이댔다. 독이 퍼진데다 지쳐서 주먹의 힘은 약하고 느렸다.

구렁이가 가소롭다는 듯이 괴기하게 웃었다.

"이곳은 굴왕신이 지키는 무덤이다. 네 무덤인 줄 알아라!"

"네 무덤이 되겠지!"

"아해야. 입은 삐뚤어져도 바른 말을 해야지. 우린 한번 죽은 영혼이라 죽지 않는단다!"

"그럼 없애줄 거야."

"입만 살았구나!"

구렁이가 빛의 주먹을 피하고 머리로 어깨를 쳤다. 빛은 몸의 중심이 흔들렸지만 침착하게 구렁이의 머리에 한방 날렸다. 구렁이가 혀를 날름거리며 피했다. 이번에는 구렁이가 빛을 통째로 삼키려고 입을 크게 벌렸다.

빛은 옆으로 피했다.

두 번째 구렁이의 눈을 통해 공격을 읽은 빛은, 구렁이의 공격을 피하면서 턱을 한방 갈겼다. 싸울 때 상대의 눈을 보고 생각을 읽으라는 퉁이의 말이 옳았다. 구렁이 머리에 살짝 맞았다. 녀석은 아픈지 머리를 두어 번 흔들었다.

"아프지?"

빛은 혀를 내밀었다.

"가만두지 않을 테다!"

화난 구렁이가 주둥이를 높이 쳐들고 크게 벌렸다. 눈빛을 읽어 보니 한입에 삼키겠다는 생각이었다.

빛은 독 때문에 빠른 속도로 몸이 마비되었다. 싸움을 오래 끌었다가 죽을 수 있다는 생각이 스쳤다. 재빨리 발 앞에 있는 커다란 바위 하나를 머리 위로 올렸다.

예상대로 구렁이가 바위와 함께 빛의 머리를 덥석 물었다.

크아앙!

부러진 턱뼈가 고통스러운지 머리를 크게 흔들어댔다.

"바보 멍청아! 바위가 인절미라도 되는 줄 알았냐!"

빛은 혀를 내밀고 구렁이를 약 올렸다. 화가 나면 생각이 단순하고 단순하면 물불을 가리지 않는 점을 노렸다.

성난 구렁이가 빛의 몸을 친친 감기 시작했다.

빛은 달아나려고 해도, 지네의 독이 퍼져서 몸이 말을 듣지 않았다.

구렁이는 빛의 몸을 서서히 조이기 시작했다. 조이는 힘은 큰 코끼리의 뼈까지 으스러뜨릴 만큼 강했다. 하지만 빛의 몸은 아직 바위처럼 단단해서 끄떡하지 않았다.

빛은 천천히 숨을 내쉬었다. 허파에 있는 공기를 남김없이 내뿜어서 몸을 줄였다. 빛의 속셈을 모른 구렁이가 있는 힘을 다해 옥죄었다. 빛은 구렁이의 목과 꼬리를 움켜잡았다. 그리고 숨을 힘껏 들이켰다. 순식간에 빛의 몸뚱이가 풍선처럼 부풀었다.

구렁이의 비명과 함께 구렁이 등뼈가 우두둑 부러지는 소리가 났다. 구렁이의 몸은 두 동강 났다. 약초의 힘이었다.

"두고 보자! 내 오늘의 치욕을 반드시 갚고야 말겠다!"

붉은 구렁이가 어둠속으로 사라졌다. 부상당하거나 살아남은 구렁이와 지네도 뒤를 따랐다.

"나흘마 아저씨!"

빛은 나흘마 아저씨를 불렀다. 나흘마 아저씨는 보이지 않았다.

"나흘마 아저씨-!"

나흘마 아저씨가 뚫고 나왔던 구멍에는 돌들로 막혀 있었다. 돌을 치우며 나흘마 아저씨를 수차례 불렀지만 대답이 없었다. 독이 퍼져 검붉게 변한 마지막 나흘마 아저씨의 모습이 생생하였다.

불길한 생각이 들었다.

'아니야-! 아니야-! 절대 아니야!'

빛은 구렁이가 나흘마 아저씨를 삼키지 않았을 거라며 고개를 세차게 저었다.

여의주를 먹기 전에도, 나흘마 아저씨가 새벽마다 구렁이와 지네를 쫓아주었을 거라고 믿었다. 회색세계에서 위험에 빠졌을 때도 빛을 구해주었다. 그뿐인가. 가면창고에서도 도와주었고, 어둠의 숲에서 무술과 투셔링을 가르쳐 주었다. 오늘 구렁이와 지네를 물리친 호흡법도 나흘마 아저씨가 소개한 스님이 가르쳐 주었다. 몸을 강철처럼 단단하게 만드는 무림의 호흡비법과 약초 등도……

"안 돼요! 죽으면 안 돼요!"

빛은 무너진 벽의 돌을 치우며 울부짖었다.

투셔링을 가르쳐 줄 때부터 나흘마 아저씨의 저주를 반드시 풀어 주리라 다짐하였었다. 은혜를 조금이라도 갚고 싶었다.

바위에 눌린 것처럼 가슴이 갑갑했다. 나흘마 아저씨가 살아 있기를 빌었다. 수천 개의 가시가 온몸을 찌르는 듯 통증을 느꼈다. 통통 부은 살갗이 나흘마 아저씨처럼 검붉게 변했다. 벽과 천정이 뱅글뱅글 움직였다. 속이 메스껍고 숨쉬기가 갑갑했다.

그때,

–아해야! 나는 죽지 않아. 어서 여기를 빠져 나가!

어디선가 나흘마 아저씨의 꾸짖는 소리가 들렸다.

"나흘마 아저씨!"

빛은 불렀다.

'어서!'

나흘마 아저씨의 환영이 나타나 꾸짖었다.

'죄송해요.'

빛은 이를 악물었다.

주위에는 싸움이 언제 있었느냐는 듯 괴물들의 시체는 보이지 않았고, 사람과 짐승의 뼈들만 쌓여있었다. 기둥처럼 솟았던 바위들은 구렁이와 지네들이 변신한 몸이었고, 푸른빛이 도는 것은 그들의 눈이었다. 가이루령과 제니령의 변신에 소름이 끼쳤다.

이제 빛의 몸은 부어서 살진 돼지처럼 변했다. 팔과 다리의 관절이 구부러지지 않아서 걸을 수가 없었다. 기는 것조차 고통이었다.

"제발 야영하지 않았으면 좋겠구나"라고 걱정하던 엄마의 얼굴이 떠올랐다. 귀신 나오는 집이라며 이사 가자던 동생 시아와 밤에 일어난 일들을 들어주던 아빠의 얼굴이 차례로 스쳐갔다.

'엄마!'

갑자기 죽을 수도 있다는 생각을 하니 키워주어서 고맙다고, 거짓말해서 미안 하다고, 말 안 들어서 잘못했다고, 낳아주어서 고맙다고 엄마에게 말하고 싶었다.

또 있었다. 국가대표 축구선수가 되고 싶었다. 그래서 마라도나 선수처럼 손흥민 선수처럼 멋진 슛을 날려 관중들이 환호하는 걸 보고 싶었다.

'굴에서 나가야 돼!'

아직 뭔가 해야 할일이 남아 있다는 생각이 들었다. 그 믿음이 오른발을 앞으로 내딛게 했다. 부자연스럽지만 팔도 움직였다. 눈꺼풀마저 부어서 앞을 잘 볼 수가 없었다. 손으로 바위를 어루만지며 발을 내딛을 곳인지 확인하며 기었다.

그때, 굴 저쪽에서 검은 물체 하나가 빠른 속도로 달려오고 있었다.

바위 뒤에 몸을 숨기려다 그만 옆으로 쓰러졌다. 몸을 일으키려고 젖 먹던 힘까지 썼다가 방귀만 나왔다. 몸은 지네의 독이 퍼져서 풍선처럼 부어있었다. 손가락 하나 움직일 수조차 없었다.

검은 물체가 곁에 왔는지 찬바람이 일었다.

'사령경찰일까?'

빛은 다가온 자가 누구인지 무척 궁금했다. 하지만 굳은살처럼 딱딱해져버린 눈꺼풀을 밀어 올릴 수 없었다.

'이제 죽었구나!' 라는 생각이 들면서 의식이 가물가물 했다.

3.

꼬비

"뭐야! 뚱뚱한 돼지 같잖아!"

갈라지고 탁한 여자 도깨비 목소리였다.

'누구지? 듣던 목소리인데……. 퐁이는 아닌 것 같고, 꼬비는 내가 이곳에 있다는 것을 알 리도 없고,……?'

부드러운 손가락이 눈꺼풀을 벌렸다.

"보이지?"

'꼬비.'

어렴풋이 뿔이 세 개, 네 개로 보여도 단박에 꼬비라는 것을 빛은 알아차렸다. 반가워서 씩 웃었다. 어떻게 여길 알고 왔는지 궁금했다.

'통통 부은 눈으로 웃지 마! 돼지가 씩 웃는 것 같잖아.'

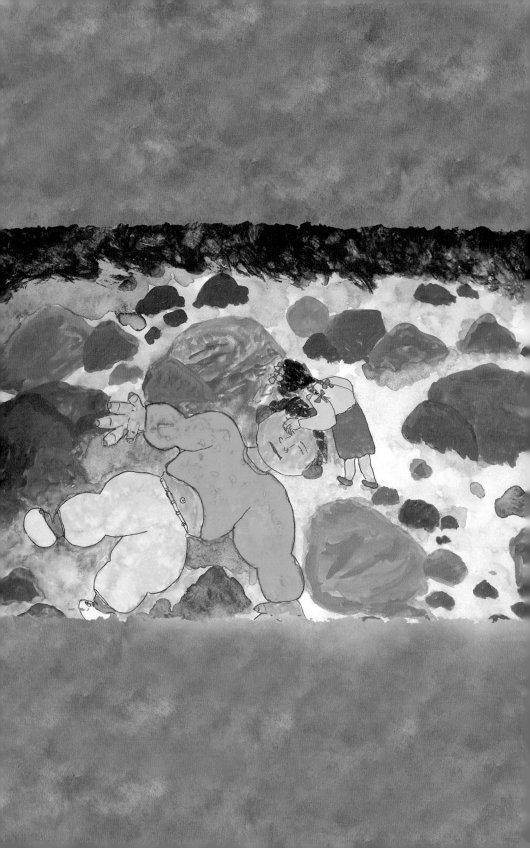

눈을 흘기는 꼬비가 밉지 않았다.

빛은 살아야겠다는 생각이 이긴 게 기뻤다. 방금 전까지, 기다가 바위에 부딪히거나 헛디디고, 돌멩이에 미끄러져 넘어질 때마다 포기하고픈 마음과 살아야겠다는 마음이 싸웠었다. 살아야겠다는 마음이 이길 수 있었던 것은 가족이었다. 엄마, 동생, 아빠가 자신을 애타게 찾는다는 생각만 해도 힘이 됐다.

"해독제야. 입을 벌려."

꼬비가 통통 부은 빛의 입을 두 손으로 벌린 다음 가루를 쏟아 넣었다.

'1각(15분)이 지나면 통증은 사라질 거야. 붓기도 빠지고…….'

해독제는 한약 냄새가 나고 썼다.

빛은 어렸을 때 일이 떠올랐다.

할머니가 서울에 오시는 게 싫었다. 이유는 할머니가 가져온 한약 때문이었다.

1회용 비닐 포장된 한약, 씁쓸하고 달짝지근하고 이상야릇한 맛이 싫어서 한약을 세면기에 버리고 물을 내린 적이 여러 번 있었다.

꼬비 말대로 약기운이 온몸에 퍼지자 통증이 서서히 가라앉았다.

꼬비의 모습이 확연히 달라졌다.

뻣뻣한 머리카락을 두 갈래로 땋은 다음 끈으로 예쁘게 묶었다. 머리에는 채송화를 단순화 시킨 노란 머리핀을 꽂았고, 뿔에는 빨강색과 초록색 하트무늬 리본으로 멋을 냈다. 그리고 인간 여자아이들이 입는 치마를 입고 있었다. 특히 통통한 볼과 커다란 눈이

도드라지게 예뻤다. 3개월 동안 모습뿐만 아니라 목소리까지 부드
럽게 변해 있었다.

'좋아하는 친구가 생기면 꾸민다는데 꼬비도 그런가?'하는 궁금
증이 생겼지만 내색하지 않았다.

'그런 눈으로 나를 보지 마!'

꼬비가 눈을 흘겼다. 그러면서 싫지 않는 표정. 볼이 살짝 붉어
지고 목소리도 코맹맹이다. 꼬비의 행동도 달라졌다. 회색세계에서
처음 만났을 때는 성격이 괄괄하였다. 툭하면 '바보 멍청이'라고
소리치고 목소리도 거위처럼 꽥꽥거렸다. 지금은 자신의 통통 부은
몰골을 보고도 나무라지 않았다. 오히려 걱정 해주었다.

'내가 여기 있는 줄 어떻게 알고 왔어?'

빛은 기분이 야릇해졌다. 그래서 이런 기분을 꼬비에게 들키지
않으려고 질문을 하였다.

'내가 묻고 싶은 말이야. 누가 굴에 들어가라고 했어?'

갑자기 꼬비의 화난 얼굴이 예전의 모습으로 돌아왔다.

'팔두 아저씨가,'

생각을 읽을 줄 아는 꼬비에게 숨길 수 없었다. 대신 자신이 늦
잠 잤다는 말은 하지 않았다.

'팔두 아저씨가?'

꼬비의 놀란 눈은 '거짓말 아니지'하고 물었다.

빛은 대답대신 눈을 깜박였다.

'미쳤어! 가이루영과 제니령이 덫을 놓고 지키는 굴인 줄 알면
서!'

'붉은 전사들한테 붙들리면 안 된다고 해서……'

빛은 추궁을 면했지만 팔두 아저씨가 비난을 받아서 미안했다.

'바보 멍청아. 붉은 전사들이라고 널 잡으면 당장 죽이지는 않아. 알아?'

꼬비가 으르렁거렸다. 자신은 수차례 붙들려가서도 '나는 도깨비에요. 사령도 아닌데 왜 사령법을 지켜야 해요!' 라고 당당하게 따졌다고 했다. 이런 점을 빛은 배우려고 노력했다.

'사령경찰이 악령요람으로 들어가는 걸 보고 내가 이리로 왔으니 망정이지. 넌 제니령의 독 때문에 죽을 뻔했다고……!'

꼬비가 위험을 무릅쓰고 달려왔음을 알자, 빛은 가슴속에 뜨거운 무엇인가가 목구멍으로 솟아올랐다. 자신은 친구가 위험에 빠졌을 때 꼬비처럼 행동할 수 있을까 스스로에게 물어 보았다. 자신 없었다.

'고마워!'

빛은 진심이었다.

'하여튼 넌 운이 아주 좋았어. 지금까지 악령요람에 들어갔다가 나온 인간은, 그것도 요괴인 뱀과 지네를 물리치고 나온 인간은 너밖에 없었을 거야.'

꼬비의 얼굴은 화는 사라지고 살짝 흥분한 표정이었다.

빛은 자신이 살아남을 수 있었던 것을 꼬비도 알아야한다고 생각했다.

'나흘마 아저씨가,……'

빛은 나흘마 아저씨의 이름만 꺼냈는데도 목이 콱 막히고 눈물이 핑 돌았다. 자신을 위해 싸운 나흘마 아저씨의 마지막 모습 때문이었다. 지네의 날카로운 턱이 나흘마 아저씨의 목 깊숙이 박혀 있었고, 구렁이는 나흘마 아저씨의 몸을 친친 감아 숨통을 죄었다.

'나흘마 아저씨가……?'

꼬비가 놀라서 입이 크게 벌어졌고 ,두 눈에 눈물이 맺혔다. 어쩌면 수십 마리의 괴물들과 맞서 싸우는 나흘마 아저씨의 최후 모습을 떠올린 것 같았다.

빛은 꼬비를 볼 면목이 없었다.

'그래서, 나흘마 아저씨는 어디에 계셔?

'싸우고 보니까,……없었어!'

빛은 목이 메고 눈물이 핑 돌았다. 나흘마 아저씨의 마지막 모습을 사실대로 도저히 이야기 할 수 없었다. 그래서 어떠한 책망도 각오하고 있었다.

꼬비의 두 눈에서 눈물이 흘렀다.

'나 때문이야. 내가, 내가 조금만 일찍 일어났어도!'

빛은 고백했다.

등에 닿은 꼬비 손바닥에서 따뜻한 온기와 함께 뭔가가 온몸으로 전해져왔다. 잘못했을 때, 선생님이 다가와 등에 손을 얹어주는 느낌이었다.

"도깨비와 인간이 악령요람에 들어가거나 나오지 못하게 숲과 동굴 그리고 강마다 마법으로 죽음의 덫을 놓았어. 그런데 넌 모르고 동굴로 나온 거야. 팔두 아저씨도 네가 모르는 게, 더 나을 것 같아서,……!"

꼬비의 눈물샘이 폭발했다.

빛은 덫이 둥근 바위라고 생각했다.

"그래서 악령요람이 만이천 년 동안 인간에게 알려지지 않았던 거야. 바보야!"

꼬비가 간신히 울음을 멈추고 말을 마쳤다.

"덫이 있는 동굴이 몇 개나 돼?"

"정확히는 몰라. 열 개가 넘는다는 말이 있는데, 아마 왕추 아저씨는 알 거야. 언젠가 수업 시간에 우리에게 말한 적 있었거든. 악령요람을 드나드는 동굴과 숲은 자신이 모두 안다고……. 하지만 난 왕추 아저씨의 생각이 틀렸다고 생각해. 악령요람으로 들어가는 덫이 있는 숲이나 동굴 외에 더 있다고 생각해."

꼬비는 걸으며 눈말했다.

"우리 아빠는?"

빛은 묻지 않을 수 없었다. 잠을 설치게 한 이유 중에 하나였다.

"가짜 빛하고 잘 지내."

"엄마와 내 동생은?"

"……솔직히 말해서,"

꼬비가 어렵게 말을 꺼냈다.

빛은 엄마를 찾지 못했음을 감지했다.

"난 3개월 동안 사령청장 때문에 꼼짝 못하고 굴에 갇혀 지냈어. 진짜 답답해서 죽는 줄 알았어!"

꼬비의 목소리에는 사령청장에 대한 원망이 가득했다.

빛은 "미안해! 넌 나 때문에 갇혀 지낸 거야"라고 위로해 주고

싫었지만 입 밖에 나오지 않았다. 악명 높고 교활한 사령청장이 꼬비가 굴에 갇혀 지내는 조건으로 풀어주었다는 것을 알 수 있었다.

'앞으로도 2년 9개월 동안 굴에 계속, 계속, 계에~속······.'

꼬비가 분통을 터뜨렸다.

'미안해!'

'네가 왜 미안해야 돼? 이건 널 아해로 태어나게 한 신이 미안해야 해.······너는 억울한 희생자라고!'

'아냐.'

빛은 자신이 아옹개비 눈 아해가 된 사정을 꼬비가 모른다고 생각했다.

'아니긴 뭘 아냐! 넌 회색세계와 인간세계를 구해야 하는 아해라고, 많고 많은 아해들 중에 네가······!'

'그건 내가 옛날에 왕이었을 때, 그자를 죽이려고,'

'내가 지난번에 이야기 하지 않았지만, 넌 충분히 벌을 받았어. 대고하비께서 말씀하셨어. 넌 천 년 가까이 이승을 떠돌며 짐승과 나무, 풀 그리고 벌레, 심지어 지렁이로 태어나서 온갖 어려움과 수모를 다 겪었다고 했어. 그러면 됐지. 또 다시 인간 아해로 태어나서 회색세계와 인간세계를 구하라는 건,'

'숙명이라잖아!'

빛은 꼬비의 눈말을 잘랐다. 꼬비가 더 이상 흥분하는 걸 원치 않았다.

'그러니까 걱정 마. 내가 알아서 할 테니까.'

빛은 꼬비를 달랬다.

도리어 꼬비의 표정이 붉으락푸르락 하였다.

빛은 자신이 뭘 잘못했나 싶었다. 그래서 '내가 말을 잘못했어?' 라는 눈으로 바라보았다.

'잊었어? 네가 악령요람에 들어가기 전에 사령청장한테 붙들릴 뻔한 걸 두 번이나 구해주었다 걸. 그리고 방금 나 아니면 너는 지네 독이 온몸에 퍼져서 죽었어. 알아!'

꼬비가 으르렁거렸다.

꼬비가 10초 만 늦게 왔어도 빛은 죽었을 것이다. 그리고 지난 회색세계에서 위기 때마다 꼬비가 수차례 구해주었다는 사실을 빛은 인정했다. 혼자 힘으로 위기에서 벗어난 적이 없었다. 오히려 꼬비가 빛 때문에 위험에 빠질 때가 많았다.

'미안해. 내가 생각이 짧았어.'

빛은 자신이 멍청한 생각을 했다는 것을 변명하지 않았다. 꼬비의 진심을 읽어주는 게 급했다. 그래서 두 손을 싹싹 빌어서 꼬비의 화를 가라앉히고 싶었다.

"네가 없었다면 난 이 자리에 있을 수도 없었어. 무슨 감옥이지? 아마 거기에 사령청장이 가둬두었을 거야."

빛은 아부했다.

꼬비의 화가 가라앉았는지 얼굴이 진정된 표정이었다.

'명경감옥.'

'그래 맞아. 명경감옥에 단 10분만 갇혀 있어도 미쳐 버린다지? 끔찍해.'

빛은 과장되게 몸을 떠는 시늉까지 했다.

'그래서, 그래서······.'

꼬비가 주위를 둘러보았다. 주위는 사령 하나 눈에 띄지 않았다. 하지만 바위틈이나 돌출 된 바위 뒤에 개미 사령이라도 숨어서 엿들을 수 있었다.

'이건 내 일이야. 너하고 상관없는 일이니까 나중에 이야기할게.'

꼬비가 침착한 태도를 보였다.

빛은 꼬비가 말하지 않은 게 뭔지 묻지 않았다. 꼬비에게도 중요한 일이 있을 테고, 말 못할 사연도 있을 테니까.

4.
금기

'너 회색세계에서 금기가 있다는 걸 알지?'

꼬비의 질문에 빛은 대답하지 못했다. 자신은 회색세계에 대해 아는 게 없었다.

'사바세계에도 알려진 것은 일곱 가지 금기가 있어.

첫째, 먹지 마라.

둘째, 열지 마라.

셋째, 보지 마라.

넷째, 손대지 마라.

다섯째, 말하지 마라.

여섯째. 뒤돌아보지 마라.

일곱째, 버리지 마라. 등이 있고, 사바세계에 알려지지 않은 것은

세 가지야.

여덟째. 동정하지 마라.

아홉째, 도움을 주지 마라.

열째, 간섭하지 마라 등이 있어. 인간이 사령에게 인정 같은 걸 베풀지 말라는 뜻이야. 만약 인정을 베풀었다가는 명경감옥에 갇히게 돼.'

꼬비가 회색세계에서 지켜야 할 마지막 세 가지를 한 차례 더 강조했다.

빛은 어려운 상황이 닥친 사령을 목격하게 되면 자신이 잘 지킬지 의문이 생겼다. 그래서 꼬비의 눈치를 살폈다. 자신의 약점을 이야기하고 도움을 받고 싶었다. 하지만 꼬비는 더 이상 이야기하고 싶지 않다는 표정이었다.

'엄마를 찾을 거야?'

꼬비가 물었다.

빛은 꼬비 눈치를 살피며 고개를 끄덕였다.

꼬비가 한숨을 내쉬었다.

빛은 자신 때문에 집을 나간 엄마를 찾는 게 당연하지 않느냐고 따지려다 그만두었다. 꼬비의 생각을 듣고 싶었다.

'넌 여기에서 나가면 당장 해야 할일이 하나 있어.'

'뭔데?'

'황금보자기를 찾는 일이야.'

'엄마를 먼저 찾고 나중에 황금보자기를,'

'안 돼!'

꼬비가 말을 잘랐다.

'대고하비께서 말씀하셨어. 네 엄마는 살아계신다고. 그러니까 걱정하지 말고 황금보자기를 먼저 찾아.'

'아냐. 나는 엄마를 먼저 찾을 거야!'

빛은 꼬비가 자신의 마음을 읽어주지 않아서 발끈했다. 자신이 어젯밤 고민 끝에 가장 먼저 엄마를 찾겠다고 결심했던 것이다.

'난 너에게 엄마를 찾는 일에 참견하지 않겠어. 인간이나 몇몇 동물만이 갖는 특별한 가족관계니까 중요할 수도 있어. 하지만 이건 알아 둬. 인간은 가족관계도 중요하지만 사회관계도 중요해. 개미나 꿀벌처럼 각자 해야 할 일이 있다는 거야. 숙명처럼.'

꼬비의 표정이 진지했다.

'그러니까 너도 이제 너에게 주어진 일이 숙명처럼 받아들여야 돼.'

빛은 꼬비의 귀어가 귀에 들어오지 않았다.

꼬비는 계속 말했다. 그 말이 중요한 말이라 한들 알려고도 하지 않았다. 방학하기 전 일주일 내내 엄마를 찾을 생각으로 잠을 이루지 못했었다. 마음속으로 엄마를 찾겠다고 약속까지 수차례 하였다.

이제 자신이 해야 할 일이 무엇인가를 결정해야 했다. 눈물이 났다. 지금쯤 어디선가 "우리 3대 독자 빛아!"라고 외치며 엄마가 자신을 애타게 찾는다고 생각했다. 엄마가 입버릇처럼 말했다. "내가 너를 낳고 십 년 동안 없던 밥맛이 돌아왔다"라고,

'빛, 내 눈을 봐.'

꼬비가 두 어깨를 잡고 말했다.

빛은 꼬비의 눈을 보았다. '난 널 믿어. 넌 선택된 아이야. 용기를 내!'라는 말이 힘이 실린 눈빛에 담겨 있었다.

'내가 네 엄마 찾는 거 도와줄 게.'

꼬비의 말에, 빛은 체념한 듯이 한숨을 길게 내쉬었다. 엄마를 찾는 일이 1주일이 걸릴지 한 달이 걸릴지 모른다. 꼬비에게 맡기는 게 낫다는 판단이 들었다.

'내가 찾아야 할 게 황금보자기라고 했지. 누가 가지고 있는데?'

'마술사가 사라지면서 놓고 갔어. 그걸 누가 훔쳐 간 거야.'

'그걸 왜 내가?'

빛은 뒤늦게야 억울하다는 생각이 들었다.

'넌 아옹개비 눈 아해야. 회색세계와 사바세계를 구할 아해라고. 그래서 회색세계와 사바세계를 위협하는 것이라면 무엇이든지 해결해야 돼.'

꼬비는 이제 와서 새삼스레 따지느냐는 표정을 지었다.

'황금보자기가 그자의 손에 들어가면 사바세계가 위험에 빠지거든.'

빛은 또 한 번 길게 한숨을 내쉬었다. 황금보자기가 어디에 있는지조차 모르는데 찾아야 한다고 생각하니까 눈앞이 캄캄했다.

"황금보자기를 어디서 어떻게 찾지? 한 번도 본 적이 없는데……."

빛은 앓는 소리를 했다.

'대고하비께서 말해 주셨어. 사바세계에 가면 황금보자기를 잃어

버린 마술사의 딸을 만나게 돼 있대. 그러니까 넌 걱정할 필요 없어.'

꼬비가 눈말했다.

'너는?'

'미안하지만 이번에는 내가 널 도와줄 수 없어.'

꼬비의 눈말에 빛은 눈 앞이 캄캄했다. 꼬비가 굴에 갇혀 지내야 한다는 것만 아니라면 사정이라도 하고 싶었다.

'이번에는 나도 해야 할 일이 있어. 이번에 못 하면……'

'굴에 갇혀 지내야한다고 했잖아?'

'내 일은 내가 알아서 할 테니까 걱정 마.'

꼬비가 눈말했다.

'회색세계에서 넌 유명해졌어. 이유는 사령청장이 널 두 번이나 놓친 것 때문이야.'

'그럼 사령청장이 날 죽이려고 하겠다.'

'당연하지. 그런데 아주 골치 아픈 문제가 생겼어.'

꼬비가 다음 말을 하려고 주변을 살폈다. 사령은 눈에 띄지 않았다.

'이번 일이 성공하느냐 마느냐가 달려 있는 문제야.……나한테 약속 하나 해줄 수 있어?'

꼬비가 심각한 표정을 지었다.

'뭔데?'

'할 수 있겠느냐고?'

'말을 해야 내가 들어줄 수 있는 약속인지 아닌지 알 수 있지.'

빛은 꼬비의 진지함에 더욱 신중해졌다.

'내가 말했던 회색세계의 금기 사항이야. 사령들이 너에게 부탁이나 소원을 들어달라거나 간절하게 청을 부탁하면 거절하는 거야.'

'그거야 뭐 열 번도 들어줄 수 있네.'

빛은 꼬비가 말한 약속을 가볍게 생각했다.

'만약 사령을 도와준다거나 청이나 소원을 들어주면 사령법에 걸려서 명경감옥에 갇힌다고!'

'예를 들어 길에 떨어진 물건이라도 주워 주면 안 된다는 거야?'

빛은 박스를 줍는 할머니의 손수레를 밀어드린 일과 축구하다 다리를 다친 친구의 가방을 들어준 일을 떠올리며 눈말했다.

'그래. 왜냐하면 네가 사령이 떨어뜨린 물건을 주워서 착한 마음으로 건네주었는데, 사령은 네가 물건을 소매치기 했다고 떠들어대면 넌 꼼짝없이 당하는 거야. 그것도 널 함정에 빠뜨리려고 마음만 먹으면 얼마든지 꾸며낼 수 있어. 질이 좋지 않는 사령경찰이나 사이긴령이 많거든.'

꼬비가 눈에 힘주어서 강조했다.

빛은 곤경에 빠진 사령을 만나면 모른 척 할 수 있을까 자신이 없었다.

꼬비가 빛의 생각을 읽고 한숨을 쉬었다.

'옛날에는 악령요람 학생은 사령을 죽이지 않는 한 잡아가지 않았어. 사령법도 느슨했고.……너도 옛날이야기를 듣거나 책에서 읽어 보았겠지만 옛날에는 억울한 귀신이 사람들에게 소원을 들어달라고 했어도 눈감아 주었어. 지금은 사령법이 엄격해서 사령에게 떨어진 물건 하나만 주워 주어도 사령법을 위반했다고 잡아다가 조사한다며 며칠 씩 가둔다고. 그럼 넌 황금보자기를 찾는 일이 어려워질 수도 있어.'

'눈 딱 감고 다녀야겠네.'

'눈을 감고 다니던 뜨고 다니던 그건 네가 알아서 하고.……밖에는 사령 수천 명이 널 기다리고 있어. 억울함을 풀어달라거나 청을 들어달라고 너를 오래 전부터 기다리고 있는 거야.'

'사령의 억울함을 왜 내가 들어줘야 돼?'

빛은 불만을 드러냈다.

'네 말이 내 말이다. 넌 회색세계를 구할 영웅이라서 그런지도 모르지. 이건 내 생각인데 널 잡아들이려고 사령국에서 뭔가 일을 꾸미고 있는 것 같아. 그렇지 않고서야 오랫동안 사령들의 억울함을 풀어주다가 4개월 전에 해원청을 갑자기 없애버릴 리가 없어. 이번 일은 너를 두 번이나 놓친 사령청장이 주도했을 수도 있고, 널 잡아들이려는 미끼일 수도 있어. 그러니까,'

꼬비는 개미사령이라도 들을까 봐 주위를 연신 살피며 말했다.

빛은 입을 굳게 다물고, 두 주먹을 쥐어 보였다. 꼬비를 안심시키고 싶었다. 성급한 판단은 아닌지 우려하면서,

'이걸 받아. 황금보자기를 찾는 데 도움이 될 거야.'

꼬비가 내민 것은 가다니였다.

골대에 공을 넣었을 때처럼 기뻤다.

'악령요람 생활은 어땠어?'

가다니의 첫마디였다.

'가다니, 그건 나중에 물어 봐.'

꼬비가 눈을 부릅뜨자, 가다니는 '알았어'하고 몸을 움츠렸다.

빛은 붓기가 거의 내렸고 기운도 많이 회복 되었다.

'무슨 일이 생기면 가다니에게 물어 봐. 네가 악령요람에 있는 동안 인간세계에 있었던 일은 가다니가 이야기 해줄 거야. 그리고 네게 기분 좋은 소식이 하나 있어.'

빛은 '무슨 소식이야'라는 눈빛으로 바라보았다.

'숏다리 걔 아빠가 윈드볼 유학 보내줘서 조금 전에 유럽으로 떠났어. 걔 친구 뚱뚱한 사이긴령하고.'

'진짜야?'

빛은 겉으로 반겼지만 불안감을 감출 수가 없었다. 숏다리는 어렸을 때부터 국가대표 코치로부터 개인지도를 받았다. 공격과 수비는 2학년 사이긴령 못지않게 잘했다. 유럽으로 윈드볼 유학까지 갔다면 그의 실력이 몰라보게 달라질 것이다. 그런데 자신은 윈드볼을 가르쳐 줄 나흘마 아저씨마저 잃어버렸다.

'유학 간다고 해서 모두 잘하는 건 아냐. 신경 꺼!'

꼬비가 빛이 걱정하는 얼굴을 보고 나무랐다.

'너는 숏다리가 윈드볼 경기하는 걸 보지 않아서 잘 모를 거야.'

빛은 꼬비가 숏다리의 윈드볼 실력을 잘 모른다고 생각했다.

'숏다리에 대해 내가 너보다 더 잘 알아. 어렸을 때부터 프로 선수한테 배운 것까지. 하지만 더 중요한 것은 정신력이야. 네가 숏다리를 이기겠다는 정신력은 실력보다 더 중요해. 바보 멍청아!'

꼬비의 두 눈이 이글이글 불탔다. 숫다리한테 지는 건 용서하지 않겠다는 으름장이었다.

빛은 머릿속에 든 변명을 늘어놓을 수 없었다. 그것은 숫다리가 왕추 아저씨의 반인데다 잘 못해도 왕추 아저씨가 선수로 뽑아준다. 그뿐인가. 왕추 아저씨는 자기를 미워한다. 잘한다 해도 절대 뽑아주질 않는다. 등등.

'바보 멍청이, 지렁이만도 못한 인간 아이, 고작 생각한다는 게 숫다리는 유학 갔다 오면 나보다 월등히 잘할 거다. 그리고 숫다리 는 어렸을 때부터 배운 게 많아. 왕추 아저씨의 반이니까 잘하지 못해도 숫다리는 윈드볼 선수로 뽑아줄 게 뻔해. 그런 생각을 하면 서 노력이나 실력을 겨뤄보기도 전에 지레 겁부터 먹는 인간 아해 가 바로 너였어!⋯⋯, 참 실망이 크네. 그동안 믿었던 내가 바보였 네. 흥!'

꼬비는 뒤도 안 돌아보고 걸었다. 빛의 생각을 읽고 화가 머리끝 까지 났다.

빛은 윈드볼 연습경기에서 자신의 활약으로 점수 차를 6점이나 줄였었다. 하지만 13점을 낸 숫다리의 점수에 비하면 초라했었다.

나흘마 아저씨가 이루지 못한 꿈을 이루겠다고 약속을 지키지 않은 것 때문에 마음이 더 무거웠다.

구불구불한 동굴을 지나자, 또 다른 두 개의 동굴이 나타났다.

꼬비가 멈춰 섰다. 입을 다문 표정에서 헤어져야 한다는 걸 느꼈 다.

'넌 이 동굴로 나갈 거야.'

꼬비가 손가락으로 가리킨 동굴은 오른쪽 큰 동굴이었고, 꼬비가 나가는 동굴은 작았다.

'같이 가면,'

'위험한 것은 마찬가지야. 오히려 굴왕신과 싸우는 게 나아.'

'굴왕신?'

'굴왕신은 멍청해. 그러니까 넌 굴왕신을 만나면 박치기 한 방으로 정신을 잃게 만들어. 주문을 외우지 못하게. 그러면 끝이야.'

'고마워.'

'그리고 밖에 나가면 그자의 솔하들을 조심해!'

'솔하가 뭐야?'

'바보 멍청아! 그자의 직속 부하라는 뜻이야. 아마 널 없애라는 명령을 받았을 거야.'

'그자는 어디 있는데?'

꼬비가 한심하다는 듯이 또 한 차례 한숨을 쉬었다. 말은 하지 않았지만 '이렇게 아무 것도 모르는 아해가 어떻게 그자와 싸워야 하는지'하고 걱정하는 게 느껴졌다.

'비밀을 지키겠다고 약속할 수 있어?'

빛은 그러겠다고 고개를 끄덕였다.

꼬비가 또 한 번 주위를 살폈다.

'가다니도 알고 있어서 내가 말하지 않으려고 했는데, 그자는 그리스에 있는 타타로스에 갇힌 신들을 만나러 갔다는 소문이 있어.'

'타타로스?'

'잘못을 저지른 신들이 갇힌 감옥 이름이야. 그곳에 갇힌 자들은

마법보다도 더 무시무시한 힘을 가졌어. 그자가 그들을 꾀어내려고 하는 것 같아.'

'한번 갇히면 나올 수 없다고 하던데?'

빛은 그리스 신화에 나온 이야기를 떠올렸다.

'그자는 신출귀몰한 재주를 가지고 있어서 뭐든지 할 수 있어. 지하 천 미터 연옥에서 탈출한 것만 보아도 알잖아. 그자의 능력은 상상 이상이야!'

꼬비가 바짝 다가와 두려운 표정으로 눈말했다.

빛은 꼬비가 두려워하는 것만 보아도 그자가 얼마나 두려운 존재인지를 짐작할 수 있었다.

'타타로스, 신들이 갇힌 감옥?'

빛은 머릿속에 새겼다.

'나중에 너도 알겠지만 이것만은 알아 둬. 그자는 옛날 고려를 정복하려고 했지만 지금은 마음을 바꿨어. 세계를 정복하려는 야망을 가진 자야. 그래서 그자는 세계정복을 반대하는 자들을 하나하나 없앨 계획을 세웠을 거야. 그중 첫 번째가 너야.'

꼬비가 눈에 힘주어서 눈말했다.

'그자는 네가 힘이 커지는 걸 두려워하고 있어. 그래서 하루라도 빨리 너를 해치우려고 그의 비밀 조직인 솔하들을 사방에 풀어 놓았어. 그러니까 넌 잠잘 때도 조심해. 인간들은 잘 때가 가장 무방비 상태니까.'

'왕추 아저씨는?'

'왕추 아저씨는 어디 갔는지 나도 몰라. 신경 쓰지 마.'

‘알았어.’

꼬비가 안심이 안 되는지 몇 가지 주의를 주고 왼쪽 동굴로 사라졌다.

5.

사령견 삽사리

주위에는 돌무덤들이 많았다.

빛은 발소리를 내지 않으려고 발을 내딛을 때마다 조심했다. 굴왕신이 불쑥 나타날까 주위를 살피는 것도 게을리 하지 않았다.

한줄기 빛이 보였다. 굴 입구가 가까워지고 있었다.

재게 걸었다.

흠흠!

3개월 만에 맡아보는 풀냄새였다. 박하 향을 들이쉴 때처럼 가슴이 뻥 뚫렸다. 이번에는 밖의 풍경이 어떤지 궁금했다. 걸음만큼이나 맥박이 빨라졌다.

그때였다.

카앙!

머리 위쪽에서 날카로운 짐승소리와 함께 검은 물체 하나가 날아와 목덜미를 덮쳤다. 반사적으로 올라간 손에 움켜쥔 것은 사령견의 목덜미였다. 사령견을 바위 위에다 내동댕이쳤다.

카앙! 카앙!

이번에는 사방에 숨어 있었던 사령견들이 몰려와 사납게 짖어댔다.

클클클클클!

누더기를 걸친 할머니가 땅에서 솟았는지 동굴 천정에서 떨어졌는지 눈앞에 나타났다. 해골처럼 눈동자와 코가 있던 자리가 퀭하니 뚫렸고, 입술은 없고 이빨뿐이었다. 사이긴령과 다르다면 고릴라보다 두 배는 크고, 눈이 파랗다.

'얘들아. 조용, 조용!'

할머니가 허리까지 올린 손을 흔들며 사령견들을 귀어로 달랬다.

'누, 누구세요?'

빛은 놀란 눈으로 물었다.

'아가야! 나는 이곳에서 죽은 자의 무덤을 지키는 굴왕신이다. 내 허락 없이는 어느 누구도 이 굴을 드나들 수 없단다.'

굴왕신이 음산하게 미소 지었다.

빛은 굴왕신도 지네나 구렁이처럼 굴의 입구를 지키는 괴물로 여겼다.

'굴왕신?'

빛은 굴왕신의 머리를 박치기로 받아서 정신을 잃게 하라는 꼬비의 말을 떠올렸다.

'아가야! 네 녀석이 이곳까지 오는 동안 주인님의 심기를 건드렸구나. 클클클!'

굴왕신이 괴기하게 웃었다.

'주인님의 심기라니요?'

'미흑성 성주님이시다. 아가야, 여기까지 오는 동안 내 친구를 죽이고도 모른다고 하지 않겠지? 클클클!'

'전,'

빛은 다음 말을 삼켰다. 사실대로 이야기한다 해도 굴왕신의 생각을 바꿀 수 없다는 것을 그의 사악한 표정에서 느꼈다. 주위를 둘러보았다. 사령견들이 송곳니를 드러내놓고 으르렁거렸다.

'굴왕신을 쓰러뜨리고 굴 밖으로 나가야 돼!'

빛은 선 채로 눈을 감았다.

물렁물렁한 살과 근육을 바위처럼 단단하게 만들어야 했다.

'……사람은 호흡한다. 생명을 유지하는 호흡에는 두 가지가 있다. 하나는 혈(血)이고, 다른 하나는 기(氣)다. 혈(血)은 대기 가운데 산소를 들이쉬어 인체의 혈에 도움을 주고, 기(氣)는 우주의 기운이 인체에 스며들어서 바위처럼 강하게 만들어준다.……'

빛은 스님의 말을 되새기며 수초 동안 숨을 천천히 들이쉬었다가 내쉬었다.

'클클클! 아가야! 잔재주를 부리려고 하는구나. 어림없다!'

굴왕신이 몸을 훌쩍 날렸다. 30센티미터 자란 갈고리처럼 생긴 손톱이 빛의 얼굴에서 가슴까지 내리쳤다.

빛은 옆으로 피했다.

'피하다니!'

당황한 굴왕신이 다시 한 번 공격하였다.

빛은 한 걸음 옆으로 피했다.

화가 난 굴왕신이 두 팔로 원을 그리며 웅얼웅얼 주문을 외웠다. 팔의 움직임이 빨라지자 팔이 수십 개로 보였다. 그중 어느 팔이 진짜인지 가려내기가 어려웠다.

사령견도 다리와 팔 그리고 등을 공격하였다. 개미들이 무는 것 같았다.

빛은 '정신 집중'하고 주문을 외웠다. 그림자처럼 움직이는 굴왕신의 수십 개의 가짜 손 중에 바람을 일으키는 진짜 손 하나를 보았다. 그 손이 가슴께를 노리고 있었다.

휘익!

찰나의 바람소리와 함께 굴왕신의 손이 가슴팍 한가운데에 묵직하게 닿았다.

빛은 동물적 감각으로 가슴께에 닿는 순간 굴왕신의 손목을 움켜잡았다. 그리고 굴왕신의 손목을 180도 돌렸다. 비명소리와 함께 뼈가 부러지는 소리가 들렸다.

으으으!

분하여 이를 가는 굴왕신의 신음소리가 들렸다.

슈우욱!

굴왕신이 주문을 외우자 돌들이 빛을 공격하였다. 하지만 돌들은 빛의 몸에 맞고 튕겨나갔다.

'네 놈이 몸을 바위처럼 단단하게 하는 잔꾀를 부렸구나! 하지만

이번에는 어림도 없다!'

분노하는 굴왕신의 귀어가 '우웅' 소리를 냈다.

빛은 눈을 부릅뜨고 노려보았다. 기회를 보아서 머리를 받을 셈이었다.

굴왕신이 두 팔을 벌리고 중얼 중얼 주문을 외웠다. 이번에는 돌들이 빛 주위에 두텁게 쌓기 시작했다.

빛은 '기회는 이때다!'하고 몸을 구푸렸다가 힘껏 뛰어오르려고 하였다. 하지만 몸이 말을 듣지 않았다.

'빨리 도망치라고! 널 귀옥무덤에 가두려고 그래!'

주머니 속에 있던 가다니가 소리쳤다.

'귀옥무덤?'

'거북등처럼 단단한 무덤이야! 한번 갇히면 귀신도 빠져나올 수 없다고!'

가다니가 비명을 질렀다.

돌들이 쌓아서 주위는 커다란 무덤처럼 변하기 시작했다. 굴에 들어설 때 보았던 돌무덤을 만드는 중이었다.

'내 몸이 말을 듣지 않아!'

빠져나가려고 몸을 움직여보았지만 손가락 하나 움직일 수 없었다.

'넌 굴왕신의 저주 주문에 걸려서 움직일 수 없어! 저주 주문을 모르면 풀 수 없다고!'

가다니가 울부짖었다.

'주문?'

'나도 몰라!'

그때였다.

굴왕신의 뒤쪽 10여 미터에서 검은 물체 하나가 날아왔다.

'크아앙!'

검은 물체는 굴왕신의 목덜미를 물었다.

털이 더부룩한 사령견이었다.

'사령견인 네 놈이! 네 놈이 다 된 밥에 코를 떨어뜨리다니!'

분노한 굴왕신이 사령견의 목덜미를 움켜쥐고 목을 부러뜨렸다.

'카아악!'

사령견이 비명을 지르며 빛의 발 앞에 내동댕이쳐졌다.

빛은 사령견의 더부룩한 털과 까만 눈동자를 보았다. 모습이 눈에 많이 익은 개였다. 그렇다. 할머니가 키우던 삽사리였다.

'삽사리?'

'빛, 굴왕신이 다시 주문을 외우기 시작했어. 빨리 처치해!'

삽사리가 귀어로 다급하게 외쳤다.

빛은 조금 전까지 움직이지 않던 몸이 움직였다. 몸을 개구리처럼 구푸렸다가 힘차게 뛰어올라 굴왕신의 머리를 들이받았다.

퍽! 소리와 함께 굴왕신이 뒤로 쓰러졌다.

빛은 삽사리의 부러진 머리와 몸통을 안고 달렸다. 굴 입구가 보였다.

뒤 따라오던 굴왕신이 햇빛을 손바닥으로 가리며 분통을 터뜨렸다.

'삽사리!'

삽사리가 '그래'하고 씩 웃었다.

'굴 밖에 있으려니까 네 몸에서 나는 냄새가 굴 밖에서도 나잖
아. 그래서 달려왔지.'

어느 새 하나의 몸이 된 삽사리가 코를 킁킁 거리며 귀어로 말
했다.

빛은 너무 반가워서 뜨거운 눈물이 났다.

1학년 여름방학 때였다. 아빠의 전자대리점과 가까운 거리에 대
형 마트가 생기면서 아빠가 어려움을 겪었다. 그래서 엄마는 슈퍼
에서 물건 값을 계산하는 일을 했다. 자신은 시골 할머니 집에서
여름방학을 보냈다. 할머니 집에는 하얀 털을 가진 어린 삽사리가
있었다.

빛은 할머니 할아버지가 일하러 밭에 나가시면 삽사리와 낮 시
간을 함께 보냈다. 한 달 가까이 삽사리와 지내면서 삽사리는 빛의
마음을, 빛은 삽사리의 마음을 조금 이해할 수 있었다.

방학이 끝나고, 떨어지지 않으려는 삽사리를 데려가자고 엄마와
아빠에게 졸랐다. 엄마와 아빠는 안 된다고 하였다. 방 안에 털이
날리고, 냄새가 나는데다 대소변도 치워야 하고, 특히 집이 빌라여
서 이웃집에서 개 짖는 소리가 들리면 안 된다는 이유였다.

삽사리를 두고 서울에 온 지 일주일이 지났을 때, 아침 일찍 할
아버지께서 전화를 하셨다. 삽사리가 사라졌다고 했다. 집을 나간
지 3일을 기다렸지만 삽사리는 집에 돌아오지 않았다고 했다.

빛은 삽사리가 자신을 만나려고 집을 나왔을 거라고 믿었다.

'네가 생각한 그대로야.'

삽사리가 앞발을 들고 엉덩이가 흔들리도록 꼬리를 쳤다. 삽사리가 기분이 좋거나 반가우면 하는 행동이었다.

'미안해.'

'미안해하지 마. 네가 엄마한테 날 서울로 데려가자고 조를 때, 난 네 진심을 알았어. 네가 서울에 갈 때, 날 데려가겠다고 말한 약속이 그냥 해본 소리가 아니었다는 것을,……그래서 난 결심했어. 널 만나러 가기로.'

지난 일들을 떠올린 삽사리의 눈에는 눈물이 괴었다.

'난 엄마가,'

'알아, 네가 말하지 않아도 난 네 마음을 잘 알아.'

'그런데 어떻게 날 만나러 서울에 올 생각을 했어?'

'우린 조상은 아주 먼 거리도 달릴 수 있었거든. 그래서 널 찾으러 집을 나온 거야.'

'너 미쳤어?'

'네가 말했잖아. 차를 타고 가면 다섯 시간이면 충분하다고. 그래서 난 열 시간 스무 시간이면 충분하다고 생각했어.'

'말도 안 돼.'

'난 찾을 수 있다고 생각했어. 그때는,……머릿속에 찾겠다는 생각뿐이었으니까!'

삽사리가 앞발로 눈물을 닦았다.

'이 봐. 언제까지 여기 서서 이야기를 나눌 셈이야. 사령견이 공격하면 어찌하려고!'

가다니가 가슴께까지 기어 와서 나무랐다. 주위는 사령견들이 침을 흘리며 공격할 기회를 노리고 있었다.

'삽사리, 아까는 고마웠어. 이제 두 번 다시 헤어지지 말자.'

'나도 헤어지지 않을 거야.'

'약속한 거야. 영원히 헤어지지 않기로!'

빛은 삽사리의 앞발바닥에 손을 힘껏 마주쳤다.

'인사는 나중에 하고 여기서 빨리 나가자고!'

가다니가 화를 냈다.

빛은 걸으면서 삽사리를 힘껏 안았다.

삽사리의 몸은 빠르게 회복되어 상처가 거의 아물었다.

'난 밤에 할머니와 할아버지가 주무시는 걸 확인하고 집을 나왔어. 네가 떠난 지 사흘 만에.'

'⋯⋯.'

'네 아빠 차가 사라진 길을 따라 무작정 달렸어. 달리기라면 자동차보다 빨리 달릴 수 있었거든.'

빛은 삽사리가 말하는 동안 삽사리의 머리부터 등까지 쓰다듬어 주었다.

삽사리의 눈을 통해 새로운 것을 알았다. 그리움이나 헤어지는 아픔이 사람과 같다는 것을.

그때 덩치 큰 사령견 한 마리가 다가왔다. 그러자 삽사리가 다가오지 못하게 으르렁거렸다.

'하룻강아지 범 무서운 줄 모른다더니!'

덩치 큰 사령견이 송곳니를 드러내며 으르렁거렸다. 다른 사령견들도 다가왔다.

'길을 비켜 줘. 나는 싸우지 않을 거야.'

빛은 사령견을 달랬다.

사령견들은 으르렁거릴 뿐 공격하지는 않았다.

'내가, 내가 널 만나겠다고 생각하게 된 이유가 뭔지 알아?'

삽사리가 진지하게 물었다.

빛은 '날 보고 싶어서 나온 거 아냐?'라는 말이 툭 튀어나올 뻔했다. 삽사리의 진지한 질문이 아니었다면,

'내가 어떻게 알아.'

'한 달 만에 엄마와 형과 남동생 그리고 두 여동생과 헤어졌어.……보고 싶어서 며칠을 울었어. 나를 엄마가 있는 곳에 데려다 달라고. 그러면 할머니는 야단만 쳤어. 할머니와 말이 통하지 않았어. 그렇게 몇 달을 지냈을 때, 서로의 마음을 이해할 수 있는 너를 만난 거야……. 그때 난 너와 나 사이의 숙명 같은 관계를 느꼈어. 너와 헤어지고 싶지 않았어. 그래서 널 만나기로!'

삽사리의 두 눈에서 눈물이 흘렀다.

빛은 개도 그리움이 아픔처럼 견디기 어려울 때가 있음을 깨달았다.

'내가 엄마한테 허락을 받은 다음에 널 데려간다고 말했어야 했어.'

빛은 그때의 일을 회상하며 신중하게 말하지 못한 점을 실토했다.

'나도 이제 그 일을 잊었으니까 너도 잊어.'

삽사리가 어른스러운 표정을 지었다.

'그런데 여기는 어떻게 알고 왔어?'

'소문을 들었어. 억울한 사연을 들어준다는 인간 아해가 나타난다고. 그래서 널 만나게 해 달라는 소원을 말하려고 온 거야. 그런데 굴 입구에서 너의 냄새가 나는 거야. 그래서 너라는 걸 알았어.'

빛은 그림자처럼 느끼는 삽사리를 다시 한 번 힘껏 안았다. 삽사리가 손등을 혀로 핥았다. 녀석은 좋은 감정을 그렇게 표현하였다.

'그런데 어떻게 해서 아옹개비 눈 아해가 된 거야?'

'그렇게 됐어.'

빛은 대답을 피했다. 주위에는 귀를 세우고 듣는 사령견이 많았기 때문이었다.

'내가 여기 오는데 사령경찰들이 널 가만 두지 않겠다고 말하는데 그 이유가 뭐야?'

'음……. 그건 두 번이나 사령청장이 날 붙잡았다가 놓쳐서 그래.'

'왜 도망쳤어? 사령청에 가서 아무 잘못이 없다고 말만하면 되는데……'

'그때는 몰랐어.'

빛은 얼버무렸다. 여의주를 먹고 낯선 회색세계에 들어섰을 때의 두려움은 지금도 잊을 수 없었다.

'사령청에서 보낸 사령경찰견과 그자가 보낸 솔하들을 조심해. 모두 널 가만두지 않을 거야.'

'알고 있어.'

햇볕이 발 앞까지 닿았다.

태양을 바라본 것처럼 눈이 부셔서 뜰 수가 없었다. 흥분된 마음이 진정되면서 흙냄새와 풀냄새, 축축한 낙엽냄새 그리고 이름 모를 꽃향기를 흠뻑 마셨다. 살갗에 스치는 바람도 따뜻하기까지 했다. 악령요람의 한 학기는 3개월 이니까 10월 말이나 11월 초 쯤 됐다 싶었다.

"와아-!"

눈을 뜨는 순간, 아름다운 숲의 풍경에 놀라 입이 쩍 벌어졌다.

울긋불긋 나뭇잎들과 우거진 숲, 뭉게구름이 한가로이 떠 있는 가을 하늘이 너무나 아름다웠다.

'너는 좋겠다! 사바세계도 볼 수 있고……!'

삽사리가 부러워했다.

빛은 굴 밖에 나와 눈앞의 광경을 본 순간 기쁨은 사라졌다. 구름처럼 몰려든 갈색 무리가 있었다. 꼬비의 경고가 사실이었다.

6.
사이긴령의 속임수

    너른 공터에는 별 해괴한 모습의 사령들로 가득 차 있었다.
    온몸에 털로 뒤덮인 설인, 키가 5~6미터가 넘는 거인, 뱀의 머
리 또는 황소 머리나 말의 머리인 사이긴령, 각종 짐승이나 벌레의
머리인 사령들, 코끼리처럼 큰 사령들이 있는가 하면 하루살이처럼
작은 사령들도 있었다. 사령들은 저마다 각기 다른 늑대어를 사용
하였다. 호랑이는 호랑이 언어로, 돼지는 돼지 언어로, 닭은 닭의
언어로, 승냥이는 승냥이 언어로, 파리는 파리의 언어로……. 이야
기를 나누는데 조금도 어려움이 없었다.
    '미쳤어! 뱀도, 소도, 돼지도 사이긴령의 몸을 가졌어?'
    '인간도 성형수술이 유행하듯이 이곳 회색세계에서도 너도 나도
몸 곳곳을 수술하는 게 유행해. 평소 인간이 새나 동물이 되고 싶

어 하거나, 동물이 인간이 되고 싶어 하잖아. 그들 중 호랑이나 치타, 코끼리가 되고 싶어 하는 인간이 회색세계에 와서 수술하는 경우도 있어. 그래서 몸은 인간인데 머리는 소나 말, 돼지, 코끼리, 뱀인 경우가 있어. 반대로 동물이 인간이 되고 싶어 하는 경우가 있어. 그들도 원하는 대로 수술하는 거야. 그러다 싫증나면 또 수술해.'

가다니가 설명했다.

'말도 안 돼!'

'그래서 회색세계에도 인기 직종이 의사야. 며칠 전에 의사 사이긴령 하나가 무덤에서 머리와 다리를 훔쳐 수술하다 붙들려갔어.'

'그런데 이 많은 사령들이 왜 나한테 몰려든 거야?'

'꼬비가 이야기 안 했어?'

'소원이나 청을 들어주지 말라는 말만 했어. 자세한 내용은 몰라.'

'이야기가 길어지는데.'

'얼마나 긴데.'

'너도 알아야 하니까 이야기 해 줄게. 아주 오랜 옛날에 만물을 창조한 신은 인간에게 지혜를 주었어. 억울하면 법을 만들어 법으로 억울함을 풀 수 있게, 아프면 주위에 나는 생물에게서 약을 구할 수 있게하는 지혜. 하지만 사령에게는 지혜를 주지 않았어. 신을 능가하는 힘이 생길까 봐. 그래서 신이 직접 다스렸어. 사령끼리 사소한 다툼이나 억울함을 들어주고 해결해 주었어. 그런데 문제가 발생했어. 인간이나 동물들이 사바세계에서 가져온 억울함을 풀어달라고 하는 거야. 지금까지 회색세계는 회색세계의 법으로 다스리고, 사바세계는 사바세계의 법으로 다스리게 신이 정해 놨는데. ……그래서 처음에는 너희들이 알아서 처리하라고 신이 말했어. 그러자 사이긴령들은 밤마다 인간 앞에 나타나 소원을 말했어. 심장이 약한 인간은 놀라 미치거나 죽는 일까지 자주 발생한 거야. 그래서 신은 고민 끝에 사령은 인간 세계에 갈 수 없도록 사령법으로 강력하게 정한 거야. 대신 원하는 생물이나 동물로 환생시켜주어서 달랜 거지. 한마디로 윤회지.'

가다니가 설명했다.

'나도 천 년 전에 아기장수를 죽인 왕이었다고 들었어.'

빛은 눈말했다.

'알고 있어.'

가다니가 맞장구쳤다.

'그런데 너는?'

빛이 물었다.

'윤회하는 과정 중에 기억을 지우는 게 있어. 그때 내 기억을 지워버렸기 때문에 나는 전 나의 생애를 알 수가 없어.'

가다니의 표정이 침울했다.

'나도 전 생애에 무엇이었는지 몰라.'

빛도 우울한 목소리로 말했다.

'지나간 일로 우울할 필요 없잖아?'

'그래. 시간 낭비할 필요 없지.'

'여기 모인 사령들 중에는 회색세계와 사바세계를 구할 아이가 나타나서 억울한 소원을 들어준다는 소문을 듣고 온 거야. 이중에 호기심에 온 사령도 있고, 그자의 부하인 솔하도 있고, 여차하면 널 잡아가려는 사령경찰도 있어. 그러니까 사령들을 도와줄 생각은 손톱만큼도 하지 마! 꼬비 말대로 사령들이나 사이긴령을 도와주었다가는 사령경찰이 조사를 핑계로 잡아다가 명경감옥에 가둘 거야.'

가다니가 경고했다.

'나도 알고 있어. 그래서 도망칠 거야.'

빛은 두 주먹을 쥐고, 도망칠 자세를 취해보였다. 하지만 수많은 사령들을 뚫고 달아날 것을 생각하니 머리가 지끈거렸다. 사령들이 따라다니거나 참견 한다면 황금보자기를 찾을 수가 없다. 이들을 따돌릴 방법이 반드시 필요했다.

'황금보자기를 찾아야 한다고, 그러니까 급한 일이 있다고 말하면 안 될까?'

빛은 좋은 생각인 것 같아서 말했다.

'미쳤어!'

가다니가 정색하고 화를 냈다.

'황금보자기를 찾는다는 말을 꺼내서도 안 되고, 은연중에라도 황금보자기와 같은 중요한 보물을 찾는다는 생각을 가져서도 안 돼. 사령경찰들이나 솔하들이 네가 황금보자기를 찾는다는 것을 알게 되면 꼬리표처럼 따라다닐 거야.'

'아니, 그냥 뭔가를 찾는다고 말하면 되잖아. 그렇지 않으면 저 많은 사령들을 뚫고 달아날 수 없어!'

'넌 아직도 내 말을 이해 못했어? 그리고 사령들을 바보로 생각하고 있어. 사령들은 귀신이야. 귀신. 네 가슴속에 숨긴 생각까지 읽을 수 있다고!'

가다니의 눈빛이 매섭게 빛났다.

빛은 한숨을 길게 내쉬었다.

'낯선 사이긴령이나 해괴한 사령들은 이웃 나라 또는 먼 나라에서 인간들과 함께 비행기 또는 배를 타고 왔어. 그들도 황금보자기를 탐내서 왔을 수도 있고, 널 보러 왔을 수도 있어. 특히 널 도와주겠다거나 황금보자기를 찾는 정보를 주겠다고 접근하는 사령들을 조심해.'

가다니가 두 번째 경고했다.

'방법이 없잖아.'

'머리를 써. 머리를, 총이나 폭탄보다 무서운 건 머릿속에 든 지혜야. 지혜라고,'

'넌 이 많은 사령들이 소원을 들어달라고 애원하면 단호하게 거절하고 도망칠 수 있다고 생각해?'

'넌 인간이잖아. 난 가랑잎나비애벌레고,'

가다니가 꼬집어 말했다. 얄밉다는 생각이 들었다.

'넌 어떻게 생각해?'

빛은 삽사리에게 물었다.

삽사리가 눈동자를 떼굴떼굴 굴리면서 '나도 가다니와 같은 생각이야.' 라고 눈말했다.

'이 생각 저 생각 하지 마. 오직 한 가지만 생각해. 이번 일을

지혜롭게 푸는 방법 말이야.'

삽사리가 눈말했다.

빛은 까맣게 몰려든 사령들을 언제까지고 바라볼 수만은 없었다.

축구를 할 때, 발야구를 할 때, 친구들과 게임의 순서를 정할 때에도 가위바위보 하나면 불평 없이 해결 되었다.

빛은 굴 밖으로 당당하게 걸어 나왔다. 그러자, 사령들이 기다렸다는 듯이 빛 주위로 한꺼번에 몰려들었다. 나이 든 몇몇 사이긴령이 줄을 서라고 외쳤지만 억울함을 호소하는 소리에 묻혔다.

'왜 사령들이 있는 곳으로 가는 거야?'

'내가 알아서 할 거야.'

'사령들을 속일 생각 마!'

가다니가 으르렁거렸다.

빛은 무시하고 가까운 나무 위로 올라갔다.

"모두 소원을 공평하게 들어드릴게요. 제 말 좀 들어보세요!"

빛은 나무 주위로 몰려든 사령들을 향해 소리쳤다. 미쳤느냐는 가다니의 말을 무시했다.

소란스럽던 사령들이 수그러들었다.

빛은 똑똑히 보았다. 사령들의 눈빛 하나하나가 '제발 제 억울한 소원을 들어주십시오'라고 간절하게 애원하였다. 어떤 사령은 기대에 차 있었다. 하나같이 자신이 제일 먼저 선택되기를 바라고 있었다.

빛은 숨을 깊게 들이마셨다.

"이렇게 한꺼번에 오면 누구의 소원을 먼저 들어주어야 할지 몰라요!"

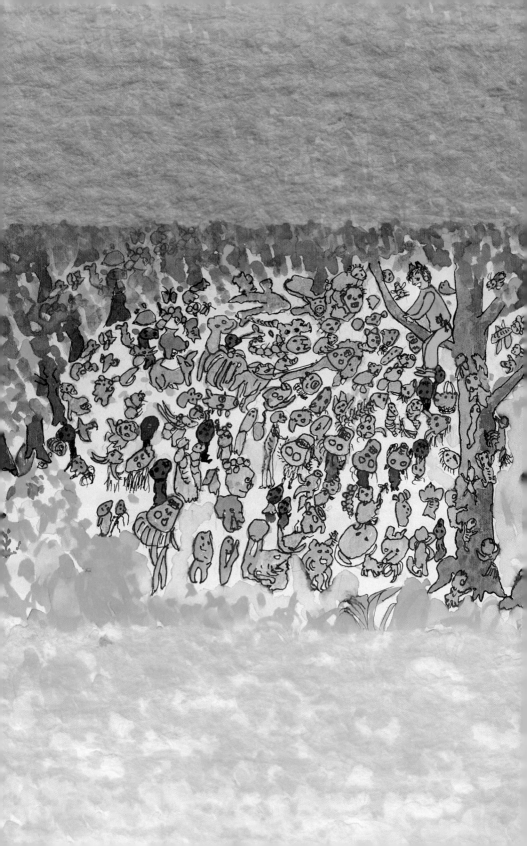

몇몇 사령들이 '옳소!'하고 외쳤다. 하지만 그들도 자신이 첫 번째 선택되길 바랐다. 빛은 순서를 정하는 방법을 말했다. 이야기하는 중에도 사령들이 떼를 지어 몰려왔다.

다섯 명씩 모둠을 만들어서 달리기든, 가위 바위 보로든, 어떠한 재주로든 순서를 정하고, 1위는 1위 끼리, 2위는 2위끼리 다시 순서를 정하라고 말했다. 그러자 사령들이 누굴 놀리느냐고 고함을 질렀다. 순식간에 아수라장이 되었다.

"여러분들은 수십 년 동안 기다려왔어요. 고작 몇 달을 기다릴 수 없어요! 저 혼자 여러분 모두 한꺼번에 소원을 들어줄 수 있다고 생각해요? 방법이 있다면 말해 주세요! 말해 달라고요!"

빛은 발악했다.

소란은 차츰 수그러들었다.

"공평해야 한다는 걸 여러분도 잘 알잖아요! 그러니까 무엇이든지 해서 1등하면 되잖아요!"

몇몇 젊은 사령들이 불평하자, 나이 든 사령이 그들에게 말했다. 누구나 100% 만족할 수 없다고, 운이 좋으면 두 번째가 되고 세 번째가 될 수 있다고.

빛은 나무에서 내려왔다. 자신이 나무에 올라갔을 때와 내려올 때 본 사령의 수는 두 배로 늘어난 것 같았다.

사령 무리에서 빠져나왔다. 100m여 달렸을 때였다. 눈앞에는 울고 있는 어린 사이긴령 하나와 괴상망측한 탈을 쓴 사이긴령이 길을 막았다.

'어린 아이 탈을 쓴 늙은 마녀!'

삽사리가 으르렁거렸다.

'삽사리, 제발 조용히 해.'

빛은 삽사리의 등을 다독이며 달랬다.

'우, 우, 우리, 우리 아빠를 구해주세요!'

어린 사이긴령이 시커먼 눈물을 뚝뚝 떨어뜨리며 애원했다.

그 옆에는 두꺼운 탈 밖으로 삐져나온 손과 발은 뒤로 꽁꽁 묶였고, 몸은 아르마딜로처럼 두꺼운 갑옷으로 둘러싸여 있어서 움직일 수조차 없고, 머리도 두껍고 단단한 탈로 씌어져 있어서 앞을 볼 수 없었다.

빛은 고통을 겪는 사령을 보자 난감했다. 사령들의 청이나 소원을 들어주지 말라는 꼬비의 경고가 떠올랐다. 뒤에는 사령경찰과 사령들이 지켜보고 있었다.

'우리 아빠를 구해주세요!'

'누가 이렇게?'

'안 돼!'

삽사리가 빛의 바지를 물고 가자고 당겼다.

'이야기는 들어도 되잖아.'

빛은 삽사리를 설득했다. 어린 사이긴령의 아빠가 손발이 묶이고 탈을 쓴 데에는 그럴 만 한 사정이 있다고 생각했다. 적당한 핑계를 대고 도망칠 셈이었다.

'어, 억울해요. 우리 아빠는 억울한 누명을 썼어요!'

어린 사이긴령이 울면서 애원했다.

'새빨간 거짓말이야!'

주머니 속에서 가다니가 눈을 부라렸다. 삽사리도 가세했다.

'아빠가 아니라 탈을 쓴 악마라고, 악마!'

삽사리가 으르렁거렸다.

빛은 자신도 생각이 있다고 가다니와 삽사리를 안심시켰다.

어린 사이긴령이 다가와 빛의 팔을 붙들고 애원했다. 아빠가 백 년 동안 꼼짝하지 못한 채 지냈다고 울었다.

빛은 지금 중요한 일이 있어서 나중에 도와주겠다고 설명했다.

그때, 어린 사이긴령이 삽사리의 목을 움켜 쥔 손을 높이 들어올렸다.

'삽사리를 돌려주세요!'

'흐흐흐! 우리 협상하자.'

방금 전까지 애원하던 어린 사이긴령이 아니었다. 그녀는 허리가 구부러진 늙은 마녀였다. 사악한 미소를 짓는 그의 손아귀에서 삽사리가 빠져나오려고 버둥거렸다.

빛은 사령들을 도와주면 사령법에 어긋난다고 설명했다. 하지만 마녀는 콧방귀를 뀌었다.

'난 백 년 동안 내 아들 때문에 이곳을 떠나지 못했다. 삽사리를 돌려줄 테니 넌 사령국에 가서 우리 아들의 죄수번호가 적힌 열쇠를 찾아와. 그러면 삽사리를 살려줄 테니까.'

늙은 마녀가 말했다. 갑옷에 갇힌 마녀의 아들 머리에는 자물쇠가 잠겨 있었다.

'할머니께서 열쇠를 찾아다가 열어주면 되잖아요?'

'내가 찾아다가 열 수 있었다면 진작 열었단다. 아해야.'

‘전 열쇠를 가져 올 수 없어요.’

‘호호호! 이래도 말이냐?’

늙은 마녀가 삽사리를 단숨에 삼켰다. 그의 입은 수개구리 울음 주머니처럼 크게 부풀어졌다.

‘잠깐만요!’

빛은 다급하게 외쳤다. 두 번 다시 삽사리와 헤어지고 싶지 않았다. 지켜주겠다는 약속을 꼭 지키고 싶었다.

사령경찰이 주위에 몰려들었다. 하나같이 빛의 다음 행동을 지켜보고 있었다.

‘그렇다면 내게 좋은 방법이 있다. 저놈들이 들으면 안 된다. 이리 가까이 다가와. 방법을 알려 줄 테니.’

마녀가 뼈만 앙상한 손가락으로 까닥거렸다.

빛은 바짝 다가갔다.

‘넌 이 녀석을 사령국에 데리고 가는 일만 하면 돼. 열쇠를 찾는 일은 이 녀석이 할 거야.’

마녀가 사악한 미소를 지으며 도마뱀 사령 한 마리를 주었다.

빛의 손바닥에 놓자마자 몸 색깔과 모양이 손바닥의 손금까지 나타났다. 위장의 천재였다.

‘삽사리를 살려주시는 거죠?’

‘넌 사령국에 다녀와서 삽사리를 찾아가면 된다.’

늙은 마녀가 입에서 살아 있는 삽사리를 꺼내 보여주며 말했다.

‘만약 허튼 생각했다가는 삽사리는 흔적조차 없이 사라질 것이다. 그러니 약속을 반드시 지켜야 한다. 아해야. 알겠지?’

빛은 엉겁결에 약속해버렸다.

늙은 마녀가 다시 한 번 코앞까지 다가와 소름끼치게 웃었다.

빛은 삽사리에게 걱정 말라고 눈말하고 마녀가 가르쳐준 길로 향했다.

'어?'

손바닥에 있어야 할 도마뱀 사령은 보이지 않았다. 주머니에도 소매에도 그 어디에도 없었다.

7.

깊은 함정

빛은 난감하였다. 도마뱀을 잘 간수했어야 했었다.

'음!'

헛기침 소리가 났다.

'인간 아해도 시력은 별 수 없구나.'

소리가 나는 곳을 보았다.

주머니 위에 있는 도마뱀 사령의 몸은 세세한 박음질까지 있어서 속을 수밖에 없었다. 녀석은 반말이었다.

'이제부터 내 말을 잘 들어야 된다. 사령국에는 그냥 들어갈 수 없단다.'

'왜 반말이야?'

'내 나이가 이백일흔두 살 쯤 됐단다. 됐냐?'

'죄, 죄송해요! 사령국에 들어갈 수 있는 방법을 알려주세요.'

빛은 까칠하게 굴었다. 삽사리만 아니라면 도마뱀을 발로 뭉개버리고 싶은 심정이었다.

'사령경찰을 감쪽같이 속여야 된다. 그러기 위해서 넌 내가 시킨 데로 하면 된다. 사령을 만나면 일부러 부딪혀서 시비를 걸어야한다. 가벼운 죄라서 명경감옥에 갇히지는 않을 거야.'

도마뱀 사령이 설명하고 이쪽으로 오는 사령견 하나를 눈짓으로 지목했다.

빛은 도마뱀 사령의 지시대로 사령견 곁으로 다가갔다.

'쿵쿵! 인간 아해 맞지?'

사령견이 물었다.

'아니야.'

빛은 거짓말을 하려니 얼굴이 화끈거렸다.

'거짓말 마라. 인간 아해만이 나는 냄새가 네 몸에서 난다. 날 속일 생각은 마라.'

사령견이 으르렁거렸다.

빛은 재빨리 사령견의 뒷다리를 발로 걸었다. 사령견은 비명을 지르며 앞으로 고꾸라졌다. 녀석은 빛이 걸었던 뒷다리를 일부러 부러뜨렸다.

빛은 함정에 빠졌다는 것을 직감했다.

사령견이 절뚝거리며 사악하게 웃었다.

'난 모르고 그랬어.'

'내 부러진 다리를 봐. 네가 발로 걸었던 다리야. 그래도 시치미

를 뗄 셈이냐?'

사령견이 부러진 다리를 보여주며 소리쳤다.

한 무리의 사령경찰들이 몰려왔다.

'이번에는 달아날 생각 마라!'

열 명 가까운 사령경찰이 빛을 에워쌌았다. 그중 모습이 해괴한 사령 하나가 눈에 확 뜨였다.

머리에는 두 개의 머리가 더 있었다. 하나는 뿔이 두 개 있는 황소이고, 다른 하나는 사자였다. 그가 오른손에는 칼, 왼손에는 채찍을 들고 앞으로 날렵하게 뛰어나왔다. 무리 중 우두머리라는 걸 행동으로 알 수 있었다.

'나는 사령국의 부사령청장이다. 사령견의 다리를 부러뜨린 죄로 너를 체포한다!'

부사령청장이 외쳤다.

빛은 그의 말을 순순히 따랐다.

8.

사령국 광장

'우린 네가 늙은 마녀와 거래하는 것을 보았다. 그 거래 내용이
뭐냐?'

부사령청장이 물었다.

'몰라요.'

'모른다!'

부사령청장이 기분 나쁘게 입가에 알쏭달쏭한 미소를 흘렸다.

주위는 구경하러 온 갖가지 사령들이 시커멓게 몰려들었다.

소나 돼지, 닭, 병아리, 개, 뱀, 새, 잠자리, 벌과 나비, 그 밖의
이름 모를 사령들과 사이긴령들이었다. 그들은 빛을 보자 명경감옥
에 가둬야한다고 한목소리로 외쳤다.

부서진 빌라와 쓰레기가 쌓인 거리는 처음 회색세계를 봤을 때

와 같았다.

　부사령청장이 채찍을 머리 위로 쳐들고 원을 두 번 그려서 누군가에게 신호를 보냈다.

　'아해의 몸을 수색하라. 벌레사령 하나 있어서는 안 된다!'

　'알겠습니다.'

　사령견 하나가 달려와 머리끝부터 발끝까지 코를 쿵쿵 거리며 냄새를 맡았다. 고개를 갸웃거렸다.

　'무슨 일이냐?'

　'주머니에서 도마뱀 사령과 벌레사령의 냄새가 나는 것 같습니다.'

　사령견이 멍멍 짖었다. 주머니 속에는 가다니는 보이지 않고 도마뱀 사령만 있었다.

　빛은 눈을 감고 가다니가 몸 어딘가에 숨어 있기를 간절히 빌었다.

　'나는 것 같다니, 철저히 조사하라.'

　부사령청장의 말에 빛은 가슴이 조마조마하였다.

　'도깨비들이 가지고 노는 장난감과 과자 외에 무기는 없습니다.'

　빛은 마음이 진정이 되지 않았다. 가다니가 보이지 않는다는 것은 도마뱀 사령이 가다니를 헤쳤다는 생각 때문이었다.

　'사령국으로 데리고 간다.'

　'알겠습니다.'

　부사령청장이 던진 밤톨만 한 씨앗 하나가 날아와 옷에 들러붙었다.

순식간에 씨앗은 싹이 나오고 칡넝쿨처럼 자라서 몸을 수십 번 칭칭 감았다. 팔 하나 움직일 수 없었다.

　'멍청한 사령청장이 널 두 번이나 잡아놓고 놓쳤다. 큰 실수를 한 것이다.'

　'전 사령견의 다리를 부러뜨리지 않았어요!'

　빛은 억울함을 호소했다.

　'넌 우리 회색세계에 대해 너무 많이 안다는 것이다. 인간은 회색세계를 보거나 알려고 해서도 안 되고, 발을 디뎌서도 안 되는데 말이다. 그리고 늙은 마녀와 거래를 하면서 사령견의 다리를 일부러 걸어서 부러뜨렸고, 그러니 이제라도 늙은 마녀가 무슨 부탁을 했는지 말하면 명경감옥에 갇히는 일만은 없도록 해주 마.'

　'마녀와 거래하지 않았어요. 그리고 전 사령견의 다리를 부러뜨리지도 않았어요!'

　빛은 다시 한 번 억울함을 호소했다.

　'너를 도와 줄 꼬비도 3년 동안 굴 밖으로 나올 수 없단다. 그러니 널 도와줄 수 있는 사령은 나 밖에 없다. 우리 작은 아버지가 사령국의 2인자이시거든. 그래서 사령청장과 난 달라. 녀석은 충성심 하나로 사령청장이 된 거지. 하지만 지위는 충성심 하나만으로 되는 게 아냐. 나같이 든든한 배경이 있어야 되거든. 어때? 황금보자기를 찾는다면 나에게 주겠다고 약속할 수 있겠나. 아해야?'

　부사령청장이 회유했다.

　빛은 대답하지 않았다.

　'기회는 이번 밖에 없다. 멍청한 사령청장은 지금 악령요람에 있다. 내가 우리 작은 아버지한테 말했지. 왕추가 없는 악령요람은 충성심이 강한 사령청장이 지켜야한다고. 충성심만 앞세우는 사령청장을 위로 추켜세웠지. 그래서 녀석은 악령요람을 지켜야 한단다. 내 말이 무슨 말인지 이해하겠나?'

부사령청장이 속셈을 드러냈다.

'어리석게도 네 목숨과 황금보자기와 바꾸겠다는 거냐?'

빛은 고집스럽게 입을 다물었다.

'흥! 바보 같은 아해라고!'

부사령청장이 버럭 화를 냈다.

멀리 수백 개의 송곳처럼 솟은 탑 꼭대기와 그 위에 까맣게 날고 있는 새의 무리가 보였다.

그곳에서 이무기 한 마리가 빠르게 날아와 부사령청장 앞에 멈췄다. 머리는 사슴처럼 뿔이 났고 몸은 구렁이처럼 비늘이 있었다. 30센티미터도 채 안 되는 다리는 우스꽝스럽게 생겼다. 구렁이가 용이 되다 만 이무기였다. 말할 때, 입에서 작은 불을 뿜었다.

이무기가 등을 내밀었다.

빛은 사령경찰의 도움으로 가운데에 타고 나머지 사령경찰은 앞뒤로 나누어 올라탔다.

이무기는 커다란 날개를 움직이며 소리 없이 날았다.

하늘을 찌를 듯이 솟은 탑들을 향해 날아갔다.

'멈춰라!'

눈앞에 나타난 오륙 미터 거구의 괴물은 악령요람에서 본 형손을 닮았다. 가슴 젖꼭지에는 두 눈이 있고 배꼽에는 송아지도 한입

에 삼킬 만큼 커다란 입이 있었다. 그리고 그의 오른손에는 아름드리나무도 단 한 번에 벨만큼 날이 선 도끼를, 왼손에는 수십 개의 창도 막아낼 수 있는 커다란 은빛 방패가 있었다. 그가 이무기 앞을 가로막고 버럭 소리를 질렀다.

크르르릉!

'눈을 똑바로 뜨고 봐라! 부사령청장님이 계신 걸 모르느냐!'

맨 앞에 있던 사령경찰이 우레와 같은 소리를 냈다.

'몰라 뵈어서 죄송합니다.'

괴물은 즉시 옆으로 물러서며 목이 없는 허리를 숙였다.

'인간 아해다.'

'알겠습니다.'

형손을 닮은 사령이 또 한 번 고개를 숙였다.

사령국에 다다르자, 머리는 독수리이고 몸과 날개는 시조새를 닮은 거대한 새들이 이무기를 겹겹이 포위했다. 하나의 날개 길이가 15미터 되었고, 갈고리처럼 휘어진 부리는 50센티미터가 넘어 보였다.

끄르윽! 끄르윽!

'신분을 밝혀라!'

그중 황금빛 날개를 가진 새가 귀어로 외쳤다.

'부사령청장이다. 아해를 잡아왔다!'

'몰라 뵈어서 죄송합니다. 하지만 아해가 확실한지 확인은 해야겠습니다!'

거대한 새가 빛의 앞으로 다가왔다.

부사령청장이 승낙하였다.

'네가 사령청장의 손에서 두 번씩이나 빠져나간 아해냐?'

빛은 그렇다고 고개를 끄덕였다.

'지옥의 사자라도 사령청장의 손에서 빠져나간 일이 없었거늘 어린 네가 빠져나갔다고! 겉으로 보기보단 참으로 영리하구나.'

거대한 새가 무기가 없는지 빛의 몸을 샅샅이 뒤졌다. 이번에도 도마뱀 사령은 있지만 가다니는 보이지 않았다. 사령경찰 때문에 도마뱀 사령에게 물을 수 없었다.

빛은 가다니를 지키지 못한 죄책감에 마음이 무거웠다.

'여기서 기다리셔야겠습니다. 사령왕께서 세계 각국에서 온 대사와 함께 신성한 행사를 즐기시니 사령국의 모든 출입을 금지하라 명하셨습니다.'

거대한 새가 말했다.

'나도 알고 있다. 그래서 하는 말인데 이 아해도 신성한 행사를 보게 한다면 ……'

부사령청장이 음흉하게 웃으며 거대한 새의 눈 가까이 다가가 뭔가 속삭였다.

'기다리십시오.'

거대한 새는 고개를 끄덕이고, 맨 뒤에 있는 새에게 이 사실을 보고하라고 명령했다.

새가 날아간 곳은 십여 층의 높은 탑들이 있었다. 그 중에 20여층 되는 탑도 여러 개 보였다.

'쾌히 허락하셨습니다. 단 소동을 일으키지 말고 뒤쪽에 마련된

자리로 이동하라 명하셨습니다.'

5분도 채 되지 않아 새가 돌아와 외쳤다.

이무기는 커다란 원을 그리며 하강했다.

빛은 사령국의 음산한 분위기에 영하의 추위를 느꼈다.

광장은 미니 축구장 크기의 커다란 광장이었다.

광장 위쪽에는 해괴하게 생긴 사령왕을 중심으로 세계 각국에서 온 사절인 사령들이 양쪽에 길게 앉아 있었다. 그 아래에는 구경 온 부지깽이귀신, 솥뚜껑귀신, 빗자루귀신, 사이긴령 등 별 희한한 귀신들이 있었다.

'아해는 여기에 앉아라!'

부사령청장이 가리킨 의자는 벽에서 튀어나온 바위 턱이었다. 양 옆에는 사령경찰이 앉았다.

빛은 주머니를 뒤졌다. 도마뱀 사령은 없었다. 사령국에 들어설 때부터 이곳으로 오는 동안 녀석은 사라진 게 분명했다. 늙은 마녀의 약속은 지켰다. 그는 손이 꽁꽁 묶인 채 가다니 걱정을 하였다.

'빛, 나 여기 있어.'

가다니가 귀어로 속삭였다.

빛은 너무 반가워 소리를 지를 뻔했다.

'내 몸을 줄여서 네 귀속으로 피신했었지.'

가다니의 장난스러운 귀어였다.

'언제 내 귀에 숨었었지?'

'그건 중요하지 않아. 앞을 봐. 네가 알아야 할 게 많아.'

빛은 가다니의 말을 따랐다.

'입은 악어처럼 생겼고, 코는 구렁이 머리이고, 지렁이처럼 기다란 끝에 눈이 있고, 머리에는 몸이 스프링처럼 생긴 독수리의 발과 여우의 머리, 가재의 턱, 매의 머리, 앵무새의 머리를 가진 자가 사령왕이야. 악령요람 입구에 있는 돌에 새겨진 자야.'

'나도 짐작은 했어. 사령왕이라는 것을, 그런데 어떻게 저렇게 생길 수가 있어?'

'키도 작고 못생긴 사이긴령이었는데 위엄 있게 보이려고 90%는 수술한 거야.'

사령왕은 정말 무시무시하게 보였다.

'사령왕이 입은 융복은 무사들이 입는 옷인데 그 어떤 칼로도 벨 수 없는 옷이야. 그는 자신이 위대하고 커 보이려고 의자를 3미터나 높인 거야.'

'좋은 왕이야?'

'평판이 좋지 않아.'

'사령왕 오른쪽에 앉은 자의 얼굴을 잘 기억해 둬. 언젠가는 너를 찾아오거나 아니면 네가 만나야 할지 몰라. 일본국에서 온 하치키 오헤비라고 뱀의 머리가 보통 여덟 개인데 저 녀석만은 도마뱀 머리만 한 게 사마귀처럼 나서 아홉 개야. 일본국에서 사령의 2인자야. 인도에 있는 아난타와 닮았지. 하치키 오헤비는 머리에 사슴 뿔 같은 게 났고, 아난타는 없어. 그 옆에 바짝 붙은 녀석은 텐구라고 부채를 들고 긴 손톱과 발톱을 가진 녀석인데 장난이 아주 심한 녀석이야. 사자에게 원숭이탈을 쓰고 춤을 추게 한 녀석이지.

그 옆에는 루마니아에서 온 드라큘라 사령이야. 너도 잘 알지.

인간의 피를 빨아먹는 흡혈귀의 먼 조상이지. 사령의 검은 피를 먹고 사는 놈이지. 사령의 킬러라고 불러.

드라큘라 옆에는 유럽에서 온 늑대인간이야. 그의 입을 봐. 커다란 돼지 한 마리도 한입에 꿀꺽 삼킬 정도야. 녀석은 사령 아이들을 잡아먹는다고, 그러니 넌 그자와 만나서는 안 돼. 그 뒤쪽으로도 얼굴이 보이지 않지만 각국에서 온 사령들이야.

사령왕 왼쪽에는 미국에서 온 벽장괴물, 녀석의 얼굴 좀 봐. 커다란 대야를 엎어놓은 것 같지 않아? 눈, 코, 입은 짓궂은 아이들이 장난으로 그려놓은 것 같지. 녀석도 일본에서 온 텐구처럼 장난이 좀 심하지만 사실은 성격은 좋아.

러시아의 바바야 좀 봐. 삐쩍 마른 고양이 같잖아. 그런데 놈은 철이빨에다 철 발톱을 가졌다고, 조심해. 한 번 할퀴면 뱃속에 내장이나 뼈까지 다 드러난다고.

그 옆에는 이란에서 온 잣하크야. 얼굴이 잘 생겼다고 좋은 사령은 아냐. 녀석의 어깨에는 두 마리의 보아뱀처럼 큰 뱀이 있어. 녀석은 하루 식사로 어린 사령 두 명씩 잡아먹는 무서운 놈이야. 지구의 사령을 모두 잡아먹는 게 소원이라잖아. 그 옆에 있는 사령들도 얼굴 똑똑히 잘 기억해 둬. 모두 사령왕이 초청한 거야. 1년에 두세 차례 초청하는데 오늘이 바로 그날이야. 조금 있으면 사령들이 죄목이 가장 많은 사령이나 사이긴령이 나올 거야. 그들은 굶주린 주이령이나 승냥이 사령의 밥이 되는 걸 보게 돼. 광장 바로 위 계단을 살펴 봐. 작은 창문들이 보이지?'

'뭔가 있긴 있는데? 머리 같은 게……'

가로 세로 30센티미터 크기의 창이 광장 2층과 3층에 수천 개가 있는데, 그곳에는 사령의 머리가 있었다.

'죄수들의 머리를 묶어서 옴짝달싹 못하게 한 거야. 사령이나 사이긴령이 처참하게 죽는 광경을 보게 하도록 묶어둔 거야.'

'잔인하군.'

'부사령청장이 너에게 보여주려고 한 것도 바로 그 점이야. 사이긴령과 사령이 처참하게 죽어가는 모습을 너에게 보여 줌으로써 겁주려고 하는 거야. 다시 말해서 네가 두려운 생각을 갖게 해서 황금보자기를 스스로 내놓게 하려는 거지.'

'비열한 수법이군!'

'부사령청장에 대해서 알아야 할 게 많은데……'

가다니가 말꼬리를 흐렸다.

'이야기가 길어?'

'길지. 녀석의 가족의 내력을 설명해야 하니까.'

'아직 경기도 시작하지 않았으니까 이야기 해.'

'부사령청장은 황소머리를 가진 미노타우로스라는 설이 있어. 오랜 옛날 그의 부모인 미노스 섬의 대왕의 왕비인 파시파에가 자식 하나를 낳았는데 머리에 뿔이 두 개 난 황소였었어. 파시파에는 크게 실망했지. 나라를 다스리려면 모든 종족들이 두려워하는 사자처럼 카리스마가 있어야 했거든. 그래서 파시파에는 미노타우로스에게 벼이삭 하나를 주고 깊은 밤중에 쫓아냈어. 미노타우로스가 처음 도착한 곳은 지금의 중국이었어. 그곳에서 볍씨를 뿌려 사람들을 부유하게 잘 살게 했지. 그래서 사람들은 미노타우로스를 신 염제 신농이라고 불렀지. 신 염제 신농에게는 여러 아들이 있었는데 막내만은 황소 뿔을 가진 자신의 모습에 대해 늘 불평 했었지. 장차 영주가 되어서 나라를 다스리려면 사람들이 두려워하는 사자나 용의 얼굴이어야 하는데 고작 소의 얼굴이라고 말이야. 그래서 어느 날 그는 부모님께 하직인사를 하고 동쪽으로 향했지. 그가 도착한 곳이 바로 고구려 땅이야. 그는 고구려 땅에서 두 아들을 낳았는데 하나는 낳자마자 죽었고, 다른 하나는 건강하게 자랐지. 미노타우로스는 하루는 아무도 모르게 의사를 불러서 아들의 머리에 사자의 머리를 붙이게 했지. 의사는 감히 미노타우로스의 명령을 거역할 수가 없었지. 그래서 의사는 수개월 동안 수술 한 끝에 오늘의 부사령청장의 모습이 된 거지. 그러니까 부사령청장의 오른쪽 황소머리는 진짜이고 왼쪽 사자머리는 가짜야. 싸울 때 오른쪽의 머리를 치면 돼.'

가다니가 설명했다.

빛은 고구려에 살았다는 부분에 대해 처음 듣는 이야기라 의심이 갔다.

'믿지 않나 본데, 고구려 무덤에도 황소머리를 가진 미노타우로스 벽화가 발견 되었어. 도서관에 가서 고구려 벽화를 치고 확인해 봐.'

가다니가 눈을 크게 뜨고 강조했다.

'쉿! 사령왕이 일어났어. 기다려. 시작을 알리려고 손을 들 거야.'

가다니가 속삭였다.

빛은 보았다.

사령왕이 일어선 키가 6미터쯤 돼 보였다. 팔 하나가 3미터는 됐다. 손톱은 독수리발톱처럼 구부러졌고, 팔은 은빛 비늘로 덮여 있고, 등에는 키와 맞먹는 날개가 있었다.

사방에서 괴기한 함성소리가 터졌다.

하늘에서는 거대한 새 수백 마리가 둥근 원을 그리며 현란한 춤을 추었다. 아래에서는 수백 마리의 거위 사령, 박쥐 사령, 다람쥐 사령, 닭 사령, 여우 사령들이 나와 기린 사령의 지휘에 따라 빠르고 힘차게 춤을 추었다.

각국에서 온 사절들이 일제히 일어나서 박수를 쳤다.

사령왕이 손을 높이 들자 박수 소리는 멈췄다. 그는 환영인사를 길게 늘어놓았다. 이어서 세계 각국에서 온 사절과 구경하러 온 사령들에게 깊은 감사의 마음을 전한다고 말했다.

또 한 차례 우레와 같은 함성소리가 났다.

사령왕이 오른손을 들어서 광장 아래 수문장에게 신호를 보냈다. 그러자 그중 키 큰 수문장이 사령왕을 향해 90도로 허리를 숙여 인사하였다. 그는 북쪽 광장 구석에 있는 커다란 문을 열었다. 코끼리보다 두 배 큰 괴물 사령이 뛰쳐나왔다. 괴물은 상어처럼 수십 개의 이빨이 있고, 몸에는 수백 개의 뿔이 났으며, 눈은 타오르는 불처럼 붉었다. 괴물은 나오자마자 거품을 내뿜으며 광장을 미친 듯이 날뛰었다. 이어서 남쪽 광장 구석의 일곱 개의 작은 문이 열렸다. 그러자 수천 마리의 갈색 주이령들이 쏟아져 나왔다. 괴물 사령이 휘젓고 다니며 주이령들을 닥치는 대로 잡아서 입에 넣었다. 괴물 사령은 오래가지 않았다. 주이령들이 군대개미 떼처럼 괴물 사령을 순식간에 덮쳤다. 괴물 사령은 뼈만 남고 흔적 없이 사라졌다.

두 번째는 동쪽 문에서 수십 마리의 고양이보다 큰 괭이 사령들이 나와 주이령들을 남쪽 광장 구석의 작은 문으로 몰아세웠다. 주이령들은 굴로 사라졌다.

이번에는 동쪽 문에서 일곱 명의 사이긴령들이 발에 쇠사슬에 묶여서 걸어 나왔다.

구경하는 사령들과 사이긴령들의 함성이 하늘을 찔렀다.

할일을 마친 괭이들이 동쪽 문으로 사라지고, 서쪽 문이 열리더니 굶주린 승냥이 사령 수백 마리가 쏟아져 나왔다.

승냥이 사령들은 사이긴령 주위를 돌며 침을 질질 흘렸다.

'살인자를 해치워라!'

구경하던 사령들이 외쳤다.

사령왕이 손을 들어 시작하라고 신호를 보냈다.

그러자 굶주린 승냥이 사령 떼들이 사이긴령을 겹겹이 에워쌌다.

사이긴령들이 주먹과 몸부림으로 저항해 보지만 승냥이 사령의 날카로운 이빨과 날렵한 동작에 속수무책이었다.

빛은 고개를 돌렸다.

'사령국 사령들은 이곳을 잔인한 광장이라고 불러!'

가다니가 경멸 투로 눈말했다.

9.
명경감옥

빛은 경기를 보는 동안, 하치키 오헤비와 이란에서 온 잣하크의 강한 눈빛을 느꼈다. 둘 다 공통점은 뱀의 머리를 가졌다는 점이었다.

빛은 경기 도중에 경기장 밖으로 끌려나왔다. 빛을 기다리는 사령이 있다고 하였다.

경기장 안에서 야유의 소리가 울렸다.

사이긴령의 싸움에서 둘 중 하나가 항복하거나 달아난 것 같았다.

왕궁에는 십 층짜리 큰 기와집이 여러 채 있었다. 그 중 화려하고 웅장한 20층 기와집으로 향했다. 대문 옆 기둥마다 신화의 세계에서나 볼 수 있는 동물들이 조각되어 있었다.

홀처럼 넓은 왕궁 안은 어둡고 사방에서 괴기한 소리가 났다. 마치 수백 톤에 눌린 짐승의 신음소리 같았다. 둥근 창으로 하늘이 보였고 멀리 괴기하게 생긴 탑들도 보였다.

'사령국에서 키우는 연오 울음소리야.'

'연오가 뭐야?'

'까마귀처럼 생겼는데 크기는 까마귀보다 세 배나 큰 새야. 죽은 사령이나 사이긴령들의 몸을 먹고 살아가는데 북쪽 광야산에 살아.'

'그게 아직 살아 있어?'

빛은 신화 이야기에서 본 기억을 떠올리고 물었다.

'죽은 사령밖에 없어.'

가다니가 말했다.

돔처럼 생긴 천정 아래에는 독수리의 머리와 구렁이의 몸, 박쥐의 날개를 가진 새들이 날고 있었고, 오른쪽 벽과 기둥에는 오늘날 볼 수 없는 새(가다니의 설명; 정위, 극락조, 난조, 금조, 반포조, 비익조, 가루라, 가릉빈가 등)들이 마치 살아있는 것처럼 양각되어 있었다. 왼쪽도 마찬가지였다. 갖가지 괴기한 동물들이 양각되어 있었고, 뒤쪽 벽에는 갖가지 바다 동물들이 정교하게 새겨져 있었다. 언제든지 부르면 튀어나올 것만 같았다.

그뿐만이 아니었다.

홀 중앙에 있는 황금빛 기둥마다 작은 파리에서 용까지 오늘날 볼 수 있는 곤충이며 동물들이 크기가 모두 똑같이 양각으로 새겨져 있었다.

'아해야, 생각해 보았느냐?'

부사령청장이 물었다.

빛은 부사령청장과 눈도 마주치지 않았다.

'분명히 말해 두겠는데, 네가 이곳을 나갈 마지막 기회를 주는 거야. 넌 황금보자기를 찾아서 내게 준다는 약속만 하면 된다.'

빛은 그의 눈빛에서 야망이 활활 타오르는 걸 볼 수 있었다.

'……'

'곧 후회할 거야!'

부사령청장이 이를 부드득 소리가 나게 갈았다.

그때, 사령왕이 오고 있다고 까마귀를 닮은 새가 외쳤다.

'사령왕께서 물으시면 넌 대답을 잘 해라. 그렇지 않으면 이 채찍이 널 가만두지 않을 것이다!'

부사령청장이 채찍을 코앞에 들이밀며 윽박질렀다.

'부사령청장이 달콤한 말을 해도 넌 황금보자기를 주어서는 안 돼. 넌 악령요람 학생 신분이라고만 말하면 돼.'

가다니가 귀띔 했다.

빛은 고개를 끄덕였다.

'사령왕이 오셨다!'

지네 머리를 가진 사령이 외쳤다.

사령왕이 머리 세 개인 사자를 타고 홀에 들어섰다. 그의 금빛 도포 자락이 바람에 흔들렸다. 광장에서 본 얼굴 그대로 악어 입에 구렁이 코를 가진 얼굴이었다. 몸은 뚱뚱한 인간이고, 네 개의 다리는 자라의 다리와 닮았다.

"네가 아옹개비 눈 아해냐?"

사령왕의 우렁우렁한 목소리에 귀가 먹먹하였다. 기다란 눈과 뱀의 머리를 닮은 코가 눈앞까지 다가왔다.

빛은 자신도 모르게 머리를 뒤로 젖혔다. 머리에는 똬리를 튼 뱀처럼 생긴 끝에는 독수리 머리, 여우 머리, 매 발, 지네처럼 턱이 있는 머리 등이 있었다. 가까이서 보자 소름이 끼쳤다.

"두려워 말고 대답하라!"

사령왕이 생각을 읽었다. 빛은 뜨끔했다.

"사령왕 폐하께서 물으신다. 말하라!"

빛의 등 위로 채찍이 날아왔다.

빛은 아파서 비명을 질렀다.

"부사령청장, 아직 아해는 죄인이 아니다. 채찍을 거둬라!"

사령왕이 호통을 쳤다.

"흡! 폐하! 용서하십시오!"

부사령청장이 90도로 허리를 숙이고 뒤로 물러났다.

"고개를 들라."

빛은 코앞까지 늘어난 사령왕의 푸른 눈동자를 보았다. 생각을 드러내지 않았다.

"아옹개비 눈이 아니라 도깨비 눈 같구나."

"폐하! 소문에 의하면 도깨비들이 요즘 유행하는 렌즈를 눈에 끼웠다고 들었습니다."

부사령청장이 앞으로 나와 엎드리며 아뢰었다

"그게 사실이냐?"

"……."

"대답하라."

"폐하께서 물으신다. 어서 대답하라!"

"어허! 다그치지 마라. 아해는 아직 죄인이 아니라고 하지 않았느냐!"

"흡, 폐하!"

부사령청장은 머리를 조아렸다.

"삼시 벌레를 이용하심이 어떠하신지요."

"그럴 것 까지는 없다. 사령법정에서 할일이다. 부사령청장은 이 아해에게 어떠한 벌도 주지 마라."

"알겠습니다."

"데리고 물러가라!"

사령왕이 명령했다.

'네 놈이 내 말을 무시하다니! 오늘은 내가 참는다만,'

홀을 빠져나오자, 부사령청장이 이를 뿌드득 갈았다.

머리는 시조새를 닮았고, 날개와 몸은 박쥐를 닮은 새가 날개를 펴고 기다리고 있었다.

빛은 새의 등에 올라탔다.

명경감옥은 장충체육관 크기만 한 돔이었는데, 벌집처럼 육각형의 구조물 안에는 검은빛 물질로 뒤덮여 있었다.

명경감옥 정문에는 두 명의 사이긴령이 지키고 있었고, 쉴 수 있는 움막도 하나 있었다. 그곳에서 키가 2미터 쯤 되는 늙수그레한 남자 사이긴령이 달려왔다. 그가 부사령청장을 보자 머리가 땅에 닿도록 고개를 숙였다.

'아해를 독방에 가둬버려!'

부사령청장이 명령했다.

'독방 중에 만경실에 가둘깝쇼. 부사령청장님!'

늙수그레한 남자의 헤헤거린 표정은 아부에 푹 젖어 있었다.

'당연하다!'

'그리하겠습지요.'

'물도 절대 주지 말고, 그리고 다른 사령들과 이야기도 하지 못하게 철저히 감시해!'

'누구의 명이라고 거역하겠습지요. 명심 또 명심하겠습지요!'

늙수그레한 남자가 연신 굽실거렸다.

부사령청장이 이를 으드득 갈며 사라지는 걸, 빛은 끝까지 노려보았다.

'꼬마야, 어딜 보는 거야!'

늙수그레한 남자가 손바닥으로 등을 쳤다.

빛은 이를 악물고 참았다. 이번 결정에 대해 후회하거나 두렵지 않았다. 가다니의 충고대로 악령요람의 학생신분이라는 걸 법정에서 말할 셈이었다.

'네가 이천 년 동안 육천칠백스물일곱 번째 인간이구나.'

부사령청장이 사라지자, 남자의 태도가 바뀌었다. 그가 흰 눈동자를 굴리며 부사령청장이나 된 듯이 거들먹거렸다.

'저 말고 또 있어요?'

빛은 황금보자기를 썼다가 사라진 사람들이 생각났다.

'반귀라고 부르는 인간들이다.'

'인간들이요?'

'귀신들이 보인다고 떠드는 인간들 말이다. 네 죄목이 뭐냐?'

'아직 몰라요. 그런데 그 사람들은 어디 있어요?'

'이곳에 세 명 남아 있다. 나머지는 오래 전에 다녀갔다.'

'누구에요?'

'너는 알 거 없다.'

남자가 문의 둥근 고리 손잡이를 당기자, 세찬 바람이 불었다. 빛은 남자의 손에 이끌려 커다란 돔 안에 발을 디뎠다.

윙윙 거센 바람소리와 함께 비명소리, 울부짖는 소리, 흐느끼는 소리, 악을 쓰며 욕설을 퍼붓는 소리들로 가득했다.

그곳에는 크기와 모양이 다른 기둥과 뿔대, 뿔, 정다면체 그리고 구를 포함해 백여 개가 움직이고 있었다. 도형 안을 볼 수 없도록 검은 막으로 둘러싸여 있었다. 여덟 방위마다 거대한 선풍기가 돌아가고 있었다. 바람 때문에 명경감옥들이 이리저리 굴러다녔다. 그 중 구와 정이십면체, 정십이면체가 심하게 굴러다녔다. 그 도형 안에서 소리가 더 심했다. 그리고 도형 위에는 풍뎅이를 닮은 커다란 곤충이 도형을 따라 움직이고 있었다.

빛은 남자와 눈이 마주쳤다. 그에게 '재미있겠는데요.'하며 씩 웃었다.

남자는 이빨을 반쯤 드러내고 야릇한 미소를 지었다. 과연 그럴까 하는 표정이었다.

빛은 남자를 따라 벽에 있는 계단으로 올라갔다.

그곳에도 각종 도형이 선풍기 바람에 의해 굴러다니고 있었다.

마지막 층에도 각종 구와 정다면체, 뿔, 뿔대와 기둥들이 있었다. 다르다면 강렬한 햇빛에 눈을 뜰 수 없었다. 그 어느 곳보다 비명과 울부짖는 소리가 처절하였다.

빛은 남자의 야릇한 미소의 의미를 깨달았다.

남자가 '우후후후~!'하고 휘파람 비슷한 소리를 냈다. 그러자 73이라는 숫자가 쓰인 정이십면체가 바람을 일으키며 남자 앞으로 굴러 왔다.

'넌 73호 정이십면체 명경감옥이다.'

남자가 말했다.

'73호 풍뎅이는 잘 들어라. 다른 사령이 가까이 접근하지 못하도록 잘 감시하라.'

머리 위로 날아온 괴물 곤충에게 소리쳤다.

'얏!'

풍뎅이가 가다니처럼 턱을 딱딱 부딪치며 대답했다.

'잊지 마라. 다른 사령과 이야기를 하면 100미터를 구른다. 탈출하다 붙잡히면 1000미터 높이의 산꼭대기에서 아래로 구른다.'

남자가 경고했다.

빛은 20개의 정삼각형 거울로 만들어진 정이십면체 명경 감옥에 들어갔다.

문이 쾅 소리를 내며 닫혔다.

빛은 거울마다 자신의 수백 개 모습을 보았다. 처음에는 머리가 어지러웠다. 빙빙 도는 느낌이었다. 움직이자 거울에 비친 아이도 움직였다. 바라보면 바라볼수록 미쳐버릴 것 같았고, 토할 것 같았다. 거울을 깨트리려고 발로 차고, 주먹으로 두드려보지만 요란한 소리가 거울에 부딪쳐 되돌아와 빛을 더 미치게 했다.

'부셔버릴 거야!'

'빛! 제발 좀 정신 차려!'

가다니가 귀어로 외쳤다.

'부셔버릴 거야!'

'빛! 내 말 안 들려!'

빛은 발길질을 멈추지 않았다.

'빛!'

'……'

'발길질 한다고 해결 되는 게 아냐! 눈을 감아. 명상에 잠겨 보라고!'

빛은 발길질을 멈췄다.

'잘했어. 이제 눈을 감아 봐.……여긴 명경감옥이야. 누구나 처음 들어서는 순간 미쳐버리지. 오히려 미치지 않는 게 이상할 정도지.'

빛은 가다니의 말을 순순히 따랐다. 지쳐서 더 이상 소리칠 힘이 없었다.

'참선하듯 정좌하고,'

빛은 자리에 앉았다.

'잘 했어.……혹시 나흘마 아저씨한테서 참선에 대해서 배웠어?'

빛은 숨을 천천히, 오랫동안 들이쉬고 다시 천천히 내쉬었다.

'그래, 그래. 바로 그거야.'

'······.'

'저 소리가 들려?'

사령들의 울부짖는 소리였다.

'울부짖는 소리 밖에 더 있어.'

'아냐. 잘 들어 봐.'

'시끄러워서 들리지 않아.'

'정신을 집중하고 귀를 열어 봐. 귀를 열 수 없을 땐 다시 숨을 들이쉬었다가 내쉬기를 반복해 봐. 그리고 귀를 열어 봐. 들릴 거야.'

빛은 다시 숨을 내쉬었다가 들이키기를 두 차례.

인간의 중얼거리는 소리가 방향은 알 수 없지만 들렸다가 끊기기를 반복했다.

'내 말 잘 들어.'

가다니의 꽥꽥 외치는 귀어는 바람에 이는 소리처럼 작게 들렸다.

'내가 널 만나기 전에 꼬비와 사령왕국에 몰래 다녀왔었어.'

'그걸 이제 말해!'

빛은 눈을 감은 채로 항의했다.

'며칠 전에 사령청에서 황금보자기의 비밀을 알고 있는 인간을 잡아갔다는 소문이 돌았어. 그걸 확인하기 위해서 꼬비하고 몰래 이곳에 왔었어.'

'만났어?'

'만나지는 못했지만 그 자가 이곳에 있다는 것은 확인했어.'

'나도 여기 들어올 때 문을 지키는 아저씨한테 들었어. 반귀 세 명이 있다고.'

'세 명 중 하나일 거야.'

'그자는 누구야?'

'세계 100대 불가사의 유물을 연구하는 유물 박사야. 안타깝게도 그자는 머리가 돌았어. 명경감옥에 갇히자마자 무슨 말인지 알아들을 수 없는 말을 지껄이고,……하지만 넌 그자를 만나야 돼. 반드시 만나서 황금보자기에 대한 비밀을 알아야 돼.'

'머리가 돌았다면서?'

'그자가 며칠째 같은 말만 지껄이고 있어. 넌 인간이니까 그자의 말을 이해할 수 있을 거야.'

"어! 어!"

명경감옥이 서서히 움직이기 시작하였다.

'빨리 개구리처럼 몸을 웅크려. 그리고 무릎을 깍지 낀 손으로 꽉 붙들고, 머리를 무릎 사이에 바짝 붙여. 눈도 감아! 바람 때문에 명경감옥이 움직이는 거야. 어지러우면 한 번 돌 때마다 '하나, 둘!' 하고 큰소리로 세라고.'

가다니가 귀어로 외쳤다.

빛은 놀이공원에서 다람쥐바퀴를 탄 기억을 떠올렸다. 감은 눈을 코끝에 모으고 정신을 집중하였다. 그리고 한 바퀴 돌 때마다 큰소리로 수를 세었다.

세찬 선풍기 바람소리가 들렸다. 바람소리가 크면 클수록 명경감옥의 움직임도 빨라졌다.

중력에 의해 몸은 명경감옥의 유리벽을 따라 40~50센티미터를 올라가면 다시 밑바닥으로 굴렀다. 머리가 유리벽에 부딪치고 몸이 데구루루 구르기도 하고 옆으로 쓰러지기도 하였다.

사방에서 비명소리가 들렸다. 불안감을 떨칠 수 없었다. 그렇다고 깍지 낀 손을 놓고 귀를 막을 수 없었다. 그랬다가 팔과 다리, 허리를 다칠 수 있기 때문이었다.

우-우웅!

바람이 점점 거세졌다. 큰 나무가 기둥 채 흔들리는 소리 같았다.

'하루에 네 번 분다고 들었어!'

가다니가 소리쳤다.

사방에서 비명소리와 함께, 명경감옥끼리 "쿵!"하고 부딪히는 소리도 들렸다.

'괜찮아?'

가다니가 물었다.

'아주 신나는데!'

빛은 익살스러운 투로 말했다.

'맙소사! 모두들 명경감옥에 갇히면 미쳤다는데……!'

'바람이 더 세게 불었으면 좋겠어. 아주 세게 말이야!'

빛은 귀어로 외쳤다. 가다니가 깜빡 속는 게 재미있었다. 사실 빛은 한 번 구를 때마다 유리벽에 머리와 무릎이 부딪쳐서 아팠다. 그리고 잔뜩 웅크린 자세로 있으려니 온몸이 고통스럽고, 토할 것 같고, 어지러웠다. 큰소리로 숫자를 세도 소용없었다. 다만 고통을

잊기 위해 소리를 쳤다.

'미쳐도 단단히 미쳤군!'

빛은 숫자를 세는 대신에 '가을바람'이라는 노래를 불렀다. 음정 박자 다 틀렸지만 어지러움도 아픔도 잊을 수 있었다.

명경감옥이 거짓말처럼 멈췄다.

빛은 노래를 멈추지 않았다.

'쉿!'

가다니가 더듬이로 얼굴 살갗을 찔렀다.

'들려?'

'들리긴, 사령들이 살려달라고 비명 지르는 소리밖에 더 들리겠어!'

'귀를 열어 두라고 했잖아!'

가다니가 신경질을 냈다.

'귀에 문이 있냐? 열게.'

빛은 장난이 발동했다.

'제발 정신 차리라고!'

'나 정신 멀쩡해! 귓구멍도 뚫려 있고. 콧구멍도 뚫려 있고.'

'장난하지 말고 제발 귀를 열어두라고!'

가다니가 외쳤다.

그때 빛은 들었다. 비명소리 속에 목소리가 다른 두 인간의 대화가 또렷하게 들렸다.

"……절 내보내주십시오. 사령왕 폐하!"

"며칠만 자면 내보내 줄 것이다."
"며칠을 더 기다렸다가 미칠 것 같습니다. 사령왕 폐하!"

소리는 끊겼다.
'내가 말한 박사의 목소리야. 미치지 않고서 어떻게 한 사람이 두 사람의 목소리로 흉내 내는 거야.'
'아냐. 미치지 않았어.'
빛은 박사가 누군가에게 중요한 걸 알리려고 암호로 된 연극을 하고 있다는 것을 느꼈다.
'미치지 않았다고?'
'쉿!'
빛은 귀를 쫑긋 세웠다.
또 다시 대화가 이어졌다.
사령들이 조용히 하라고 소리쳤다.

"황공하옵나이다. 인간을 불쌍히 여기시고,"
"지금은 안 된다! 기다려라!"
"절 내보내주십시오. 사령왕 폐하!"
"며칠만 자면 내보내 줄 것이다."
"며칠을 더 기다렸다가 미쳐버릴 것 같습니다. 사령왕 폐하!"

이번에도 애걸하는 소리에서 끊겼다.
'가까이 가서 이야기 하면 안 될까?'

빛은 가다니의 초록빛 눈을 바라보며 눈말했다.

'부사령청장이 말했잖아. 다른 사령과 접근하지 못하게 하라고.'

가다니가 말했다.

빛은 무시했다.

'명경감옥을 움직일 수 있다면,'

빛은 소리가 나는 쪽의 유리벽에 몸을 기댔다. 명경감옥이 움직였다.

대화는 끊겼다가 3분이 지나면 똑같은 대화가 이어졌다.

소리는 점점 가까워졌다.

"더 이상은 안 된다!"

밖에서 73호 풍뎅이의 끽끽대는 소리가 들렸다.

말뚝이라도 박아서 고정시켰는지 명경감옥은 더 이상 움직일 수 없었다.

지쳤는지, 포기했는지 대화는 끊겼다. 하지만 빛은 박사의 대화 내용을 외어버렸다.

빛은 대화 속에 비밀이 숨겨져 있다고 생각했다. 방학숙제도 어린이 신문에도 퀴즈는 많았다. 대부분 퀴즈는 핵심은 피하고 설명만 있었다. 이번 박사의 대화 내용은 차원이 다르다고 생각했다.

퀴즈와 달리 대화 내용 속에 암호가 들어 있다고 생각했다. 가끔 친구들과 쪽지를 써서 전달할 때, 글의 내용 속에 비밀을 숨겼다.

'바로 그거야!'

빛은 회심의 미소를 지었다. 그리고 헤진 소매 끝에서 실 가닥을 풀어서 여러 개 이었다. 정신이 온전한 박사라면 자신이 준 실을

보는 순간 '실전화기', '이야기를 나누자' 등등을 떠올리리라 생각
했다.

'가다니, 이 실을 박사님에게 전해 줄 수 있겠어?'

'이걸로 무얼 하려고?'

'주면 박사님이 알아서 할 거야. 초등학교 때 배웠거든.'

가다니의 턱에다 실을 묶어서 내보냈다.

실이 잘 빠져 나갈 수 있도록 실을 문틈으로 밀면서 다른 한손
으로는 과자봉지를 찾았다.

'실을 주니까 박사님이 보기만 하던데!'

가다니가 돌아와 눈말했다.

'아무 말 하지 않았어?'

"음!'하고 신음소리를 내긴 했어.'

'누가 보냈느냐고 묻지도 않고?'

'응.'

빛은 박사님이 실을 보고 신음소리를 낸 건 실의 용도를 짐작했
다는 의미로 여겼다.

'얼굴을 보니까 좋은 사람 같아 보여?'

'이마에 주름이 많은 할아버지였어.'

빛은 박사님이 종이로 컵 모양을 만들고 실을 꿰는 시간을 가늠
했다. 지금쯤 느슨한 실을 당길 시간이라는 생각이 들었다.

실을 잡아당기자 팽팽해졌다. 박사님도 실 끝을 붙들고 있다는
것을 느꼈다. 빛은 흥분을 가라앉히려고 호흡을 길게 내쉬었다.

"안녕하세요?"

빛은 과자봉지에다 말하고 나서 귀에다 댔다.

아무 소리 없었다.

"제 말 들리세요?"

빛은 다시 한 번 말했다.

"너는 누구냐?"

경계심이 가득한 사람의 굵은 목소리였다. 빛은 너무 기쁜 나머지 대답이 얼른 나오지 않았다.

10.
일이삼사오 음절 이야기

"이름이 뭐냐?"

"제 이름은 금빛이에요. 성이 금이고 이름이 빛이에요. 박사님."

"금빛?"

박사님이 아는 이름이었을 때 내는 말투처럼 끝을 올렸다.

빛은 내심 기대가 되었다.

"네."

"3개월 전에 초등학교 운동장에서 야영하다 산으로 사라졌다는 금빛이라면 넌 귀신 아니냐?"

"전 귀신 아니에요."

"그럼 야영장에 남아 있는 빛은 또 누구냐? 그 아이는 지금도 의식을 잃은 채로 병원에 입원해 있는 걸로 알고 있다."

"박사님, 약속 하나 지켜줄 수 있어요? 아주 중요하거든요."

"약속이라……."

빛은 깊은 생각에 잠긴 박사님의 얼굴을 그려보았다. 할아버지의 얼굴이 떠올랐다.

"제게는 아주 중요해요."

"그래, 무엇이냐?"

"지킬 수 있죠?"

"지킬 수 있다면 말이다."

빛은 이번에는 하늘과 땅을 두고 약속하자고 말했다.

"좋다. 약속하마."

"병원에 있는 빛은 가짜고, 제가 진짜에요."

"귀신이라면 장난치지 마라."

"귀신 아니에요!"

"입에 침도 안 바르고 거짓말을 잘하는구나!"

박사님이 비웃는 투가 실을 타고 전해졌다.

"박사님!"

빛은 다급해졌다. 여의주를 먹고 아옹개비 눈 아해가 된 사실을 이야기하기에는 무리일 뿐 아니라 위험해질 수도 있었다.

"제 말을 믿으셔야 돼요. 저는 진짜라고요!"

"……."

"박사님!"

빛은 설명했다. 병원에 있는 빛은 자신의 머리카락으로 도깨비가 자신을 닮은 빛을 복제했다고,

"그러니까 네 말은 병원에 입원한 아이는 너를 닮은 빛을 복제한 아이다 이 말이지?"

"믿으셔야 돼요."

"옛날 어른들이 손톱이나 발톱 그리고 머리카락을 함부로 버리지 못하게 했다. 백 년이 된 쥐나 구렁이, 여우가 주워 먹으면 인간이 된다는 말을 귀가 닳게 들었다. 요즘 말로는 DNA복제라는 것이다."

박사님이 이야기했다.

"너 말고 또 누가 있느냐?"

경계심은 풀렸지만 목소리가 딱딱하였다.

"가다니에요. 가랑잎네발나비의 애벌레에요. 제 친구에요."

"……."

"박사님에게 실을 준 애벌레예요."

"꽤 똑똑한 아이구나. 벌레 귀신을 친구로 두다니."

"전 박사님을 알아요. 세계를 돌아다니며 세계 100대 불가사의 유물을 연구하는 사람이라고 들었어요. 맞지요?"

"내 뒷조사를 많이 했구나!"

박사님의 목소리에는 가시가 돋쳤다.

빛은 이곳에 오게 된 사정부터 이야기 했다. 이곳에 오기 위해서 사령견의 다리를 슬쩍 걸었던 이야기부터……. 그래서 박사님이 자신을 믿게 하기 위해서 말을 많이 했다.

"너도 이곳에서 말하는 반귀구나."

"그렇다고 봐야죠."

빛은 박사님이 마음의 문을 열었다고 느꼈다. 자신이 여의주를 먹고 아옹개비 눈 아해가 된 사실을 밝히지 않는 게 천만다행이라 생각했다.

"그렇다고 봐야 한다니?"

"나중에 이야기 해드릴게요. 박사님도 반귀세요?"

"이곳 귀신들이 그렇게 부르니 나도 반귀지."

이제 박사님의 목소리는 부드러워졌다. 조금 전 이곳에 붙잡혀 온 이야기가 효과가 있었다.

"박사님, 일이삼사오 음절을 아세요? 전 그걸 찾아야하거든요."

빛은 이야기의 본론으로 들어갔다. 시간은 시속 백 킬로미터로 달리는 자동차 바퀴처럼 초침이 빨리 움직였다.

"일이삼사오 음절이라는 게 뭐냐?"

박사님이 즉각 반응을 보였다. 시치미를 뚝 뗐다.

"조금 전에 박사님이 두 분의 목소리를 흉내 내셨잖아요. 그 내용 중에 일이삼사오 음절을 말하는 거예요."

"음! 금빛이라고 했지?"

"네."

"솔직히 말하면 나도 너와 같단다."

박사님이 순순히 자백했다.

"박사님도 일이삼사오 음절을 찾는다고요?"

"왜 내가 찾으면 안 되는 법이라도 있느냐?"

"아니에요. 그자의 손에만 들어가지 않으면 돼요."

"그자의 손이라니! 혹시 천 년 만에 나타난다는 아기장사 말이냐?"

"맞아요."

"너도 그 이야기를 믿느냐?"

"박사님은 믿어요?"

"한 가지만 묻자. 솔직하게 대답해줄 수 있지?"

"박사님도 저를 믿어주셨는데 저도 믿어야죠."

"너는 K왕의 73대 왕손이 틀림없지?"

"네. 할아버지께서 이야기해주셨어요. 제가 73대 왕손이래요."

빛은 대답했다.

"나는 그동안 한낱 옛날이야기로 만 여겨왔는데,······믿을 수 없구나. 믿을 수 없어. 과학문명이 발달한 세상에 이런 일이 일어나다니!"

"이제 믿으셔야 돼요."

"괴짜 점술가가 말해주더구나. 황금보자기를,"

"박사님, 말하시면 안 돼요!"

빛은 다급하게 외쳤다.

"그렇구나. 일이삼사오 음절을 찾는 아이 만나고 싶다면 미친 척 그걸 떠들고 다녀야 만날 수 있다고 괴짜 점술가가 말하더구나."

"아까는 멋진 연기였어요."

"대학교에서 동아리 활동으로 연극을 한 적이 있었다."

"전 박사님이 미치지 않았다는 걸 목소리를 듣고 알았어요."

"꽤 똑똑한 아이구나."

"저는 공부를 중간보다 조금 잘 해요."

"나는 너희 아빠와 가짜라는 금빛을 몇 번 만났다."

"언제요?"

"3개월 전이다. 네가 사라진 다음날 너희 집에 찾아갔었다. K왕의 73대 자손인지 사실을 확인하려고 말이다. 그런데 확인하지 못하고 돌아왔단다. 너희 집 주위에 이상한 기운이 돌더구나."

"무슨 기운이요?"

"글쎄다. 뭐라 말할 수 없는 강한 기운이었다. 나쁜 말로 말한다면 좋지 않는 일이 일어날 징조를 느꼈다. 과학으로도 설명할 수 없는 기운이더구나."

"저희 엄마 봤어요?"

"나중에 알았다. 너희 엄마와 네 동생이 행방불명 됐다고. 걱정마라. 너희 아빠는 그들이 어디엔가 분명히 살아 있을 거라고 믿고 있더구나."

"아빠한테 물어보았어요?"

"물어보았다가 내가 의심받을 수도 있잖아."

"다음 이야기 해주세요."

"그 후에 내가 너희 아빠를 만나러 갔다가 가짜 금빛을 보았단다.……첫 번째에는 건성으로 보았는데, 두 번째 가서 얼굴을 들여다보았을 때는 어딘지 이상하더구나. 금빛에게서 사람 냄새가 나지 않더구나. 그래서 내가 의사를 찾아가 인간아이가 아니라고 따졌지. 처음에는 의사도 완강하게 부인하더구나. 나도 명색이 박사인데 사람 냄새가 나는 아이를 모르겠느냐고 정곡을 찔렀더니 의사가 뜻밖의 말을 하더라. 3개월 동안 대소변 한 번도 보지 않았고,

영양주사도 맞지 않았는데도 혈색이 변하지 않더라고 말이야. 그래서 X레이와 초음파로 몸 상태를 찍었는데 모든 기능이 정상이라고 하더구나. 혹 외계인이 아닐까 생각도 하던데……."

"박사님."

"우리는 한배를 탔구나. 그래, 너는 일이삼사오 음절을 누가 가져갔다고 보느냐?"

"박사님이 저보다 더 잘 알잖아요?"

"방송과 신문에서 떠들더구나. 은행에서 돈을 훔친 자가 그걸 가져갔을 거라고 말이다. 왜냐하면 여러 차례나 은행에서 돈과 금괴가 털렸는데, 감시 카메라에는 사람이 드나든 흔적이 나타나지 않았다고 하지 뭐냐."

박사의 목소리는 약간 흥분되었다.

"경찰들도 3개월 전에 마술사가 사용한 일이삼사오 음절에 무게를 두고 수사를 했지만, 경찰은 아직 그거에 대한 단서 하나 찾지 못했단다. 일이삼사오 음절을 가진 마술사도 사라졌지. 마술사의 부인도 사라졌지. 그러니 어디 가서 사라져버린 일이삼사오 음절을 찾겠느냐."

"박사님도 일이삼사오 음절을 가진 사람이 은행에서 돈을 훔쳤다고 생각해요?"

"당연하지. 귀금속이고, 여러 은행에서 현금과 금괴를 CCTV에도 남기지 않고 훔칠 수 있는 자는 일이삼사오 음절을 가진 자만이 할 수 있다고 믿는다. 그래서 우리나라에는 일이삼사오 음절을 손에 넣으려고 세계 각국에서 온 사람들로 넘쳐난다."

"그런데 박사님은 일이삼사오 음절을 왜 찾으려고 하세요?"

"내가 이일에 관심을 가지게 된 이유가 궁금한 게로구나."

박사님이 착 가라앉은 목소리로 운을 뗐다.

빛은 오른손에 너무 힘을 준 탓에 우그러진 과자봉지를 펴서 이번에는 왼쪽 귀에 바짝 댔다. 오랫동안 오른손으로 실전화기를 들고 말했더니 팔이 욱신거렸다.

"나는 어렸을 때, 책을 읽으면서 요술을 부리는 물건이나 마법의 힘을 가진 물건들에 관심이 많았단다. 특히 우리나라에 있는 도깨비 물건 중 도깨비방망이와 도깨비감투 그리고 귀신을 물리친 세 가지 요술 약병들 말이다."

여기까지 말한 박사가 숨을 길게 내쉬면서 마른침을 삼키는 소리가 들렸다.

"나도 처음에는 '이야기를 재미있게 하려고 꾸민 이야기겠지'라고 생각했단다. 그러다 수차례 꿈을 꾸었지. 내가 날아다니는 양탄자 타는 꿈을 꾸기도 하고, 어느 날은 '금 나와라!'라고 외치며 도깨비방망이로 땅을 두드리면 황금이 산더미처럼 나오기도 하고, 도깨비를 만나 씨름도 하는 꿈을 꾸었지……. 그중에 아기장사에 많은 호기심을 가졌다. 실제로 있었던 일인지 말이다. 그래서 나는 부모님의 반대를 무릅쓰고 우리나라 전국을 돌아다니며 아기장사가 태어난 시대와 환경, 아기장사가 태어나야만 했던 사회 분위기를 연구하면서 각 지방마다 아기장사가 태어난 사오십 곳을 돌아다보았지. '아기장수 마을'이 존재하고, 아기장사가 사라졌다던 굴과 아기장수 발자국과 아기장수가 오줌을 누었다던 흔적들이 아직 남아 있는 것을 보면서 아기장사가 존재 했다는 것을 믿게 됐지. 그러다 6년 전에 뜻밖의 사실 하나를 알게 되었단다. 힘이 장사였다던 아기장사가 사라졌다는 동굴이 있다는 사실을. 그래서 나는 며칠을 고생한 끝에 동굴을 찾았단다. 처음에는 너구리 한 마리가 겨우 드나들 정도로 작아서 너구리나 여우 굴이겠지 했다. 그런데 옛날이야기에는 아기장사가 관군을 피해 콩 서 말과 팥 서 말을 가지고 그곳으로 들어갔다는 이야기가 있었다. 나는 굴 입구를 삽으로 4~5미터를 팠지. 굴은 오랜 세월에 입구가 무너져 내린 흙과 바위로 막혀 있었던 거야. 나는 그동안 꾸며져 내려온 이야기라고 믿었던 아기장사 이야기가 실제로 있었던 장면을 두 눈으로 똑똑히 목격 한 셈이 되었단다!"

박사님이 마지막 말을 할 때에는 그때의 감격이 되살아났는지 목소리가 떨렸다.

빛은 궁금한 나머지 "목격한 장면이 무엇인데요?"라고 묻고 싶었지만 박사님이 오랫동안 감동을 즐기게 내버려두었다.

"굴 안쪽 벽에는 한 여인이 천 년 전 아기장사가 태어날 때의 상황을 자세하게 새긴 글이 방금 쓴 글처럼 선명하게 남아 있었단다. 내가 한문을 풀이한 내용이다. 실에 매달 테니 당겨라."

빛은 묶인 실이 끊어지지는 않을까 조심스럽게 당겼다.

옥분이라는 한 여인이 기록했다는 내용은 다음과 같았다.

산내리에는 30여 가호가 살고 있었다.

마을에 있었던 일을 본 대로 나 옥분이가 기록한다.

곱게 접은 옥양목을 입에 물고, 두 손에는 시렁에 맨 옥양목 끈을 그러쥔
부인이 땀을 뻘뻘 흘리며 젖 먹던 힘까지 냈다.

"마님, 한 번만, 한 번만 더 힘 주셔요!"

아이를 받는 봉칠이네도 땀을 뻘뻘 흘리며 애원했다.

"으으으으—윽!"

"마니임! 한 번만 더 힘 주셔요!"

"으으으으—윽!"

"마니—임!"

"으아아앙!"

세상에 이보다 첫울음을 우렁차게 터트리며 태어나는 아이는 처음이었다.

"우—읍!"

아이를 받던 봉칠이네는 태어난 아이를 거꾸로 든 순간 놀라 입을 가렸다.

"아들인가?"

봉칠이네를 보지 못한 마님이 겨우 입을 열었다.

"마, 마, 마님!"

그때 나이 오십 대가 더 되어 보이는 대감마님이 안채로 통하는 당길문을
열고 들어섰다.

대감마님은 봉칠네가 거꾸로 든 아이의 겨드랑이에 갓 태어난 병아리
날개처럼 삐죽이 난 살가죽을 보았다. 그리고 놀라 어쩔 줄을 모르는
봉칠이네를 사랑채로 건너오라고 눈짓했다. 봉칠이네는 죄 지은 것 마냥 고개를
숙인 채 사랑채로 대감마님을 따라 들어갔다. 발이 허방을 디딘 것 같고
후들후들 떨렸다. 그녀는 두려움을 느꼈다.

"못 본 걸로 하게!"

대감마님이 위엄이 서린 목소리로 나직이 속삭였다.

"대, 대, 대, 대감마님!"

"내가 종 문서를 불에 태워 없애고, 말복이에게 충분하게 주라고 할 터이니 지금 떠나게!"

"가, 가, 감사하옵니다. 대, 대, 대감마님!"

봉칠이네가 머리를 방바닥에 닿도록 조아렸다."

"내 말 명심하게나!"

"며, 명, 명심하겠습니다. 대, 대감마님!"

몇 번이고 머리를 조아리며 도망치듯 밖을 나왔다.

"여보!"

"아들일세! 건강한 아들일세!"

대감마님은 아이를 강보에 싸서 부인 앞에 놓았다. 겨드랑이에 날개가 있다는 말은 차마 할 수가 없었다.

"여보?"

"허어! 아이를 낳느라 고생했네!"

대감마님은 놀란 부인을 안심시키려고 애써 빙그레 웃었다.

"밖에 말복이 있는가?"

밖으로 나온 대감마님이 말복이를 찾았다.

"예! 부르셨습니까? 대감마님!"

오십 대 지긋한 남자가 사랑채에서 튀어나왔다.

"봉칠이네에게 넉넉하게 돈과 쌀을 부림꾼 하나 붙여서 보내게."

"아, 알겠습니다요. 그런데 대감마님. 도련님입니까요?"

"그렇네!"

"감축드립니다요. 울음소리가 워낙 커서 소인은 도련님인 줄 단박에 알았습니다요."

"고맙네. 덕팔이 좀 불러주게!"

"더, 덕팔이라고 했습죠?"

이외라는 듯 놀란 말복이의 목소리였다. 덕팔이는 고장에서 소문난 무서운 칼잡이였다.

"아들을 낳았으니 심부름을 좀 보낼 때가 있네."

대감이 말복이를 안심시키려는 듯이 웃으며 말했다.

"덕팔이를 부른 걸 아무에게도 말하지 말게."

"아, 알겠습니다요. 즉시 분부 거행하겠습니다요."

"여보?"

부인이 놀란 눈으로 대감마님을 보았다. 부인의 눈에 불길함이 스쳐갔다. 대감마님이 걱정 말라고 했지만 마음이 놓이지 않았다. 방금 봉칠이네에게 돈과 쌀과 함께 부림꾼을 딸려 보내라는 말과 덕팔이를 찾는 게 이유였다. 더군다나 일손이 부족한 때에 부엌데기를 내보낸다는 것은 있을 수 없는 일이었다.

"여보오!"

대감마님의 발자국소리가 멀어졌다.

부인은 재빨리 아이의 몸뚱이를 살폈다. 아이의 겨드랑이를 본 순간 입을 벌린 채 경악했다. 천 일 동안 치성을 드려 낳은 아들인데,

칠 년이 흘렀다.

숨소리조차 멎은 방 안.

대감마님은 눈을 지그시 감고 깊은 생각에 잠겼고, 슬픔을 억누르는 마님은

연신 눈물을 닦았다.

그 앞에 아들이 무릎을 꿇고 고개를 숙인 채 앉아 있었다.

"아버님, 소자 멀리 있다하여도 아버님, 어머님을 절대 잊지 않겠습니다."

여덟 살 아이치고 덩치로 보나 목소리로 보나 장성한 청년 같았다.

"비야! 너는 아직 여덟 살 어린 나이다. 좀 더 생각해보고 떠나도 늦지
않다."

"어머님, 동네 사람들이 쉬쉬할 뿐 제가 어떤 아이라는 걸 잘 알고 있습니다.
하루라도 더 머무른다는 것은 가문과 부모님께 누를 끼치는 일입니다. 이를
어찌 소자가 모른다고 할 수 있겠습니까!"

"동네 사람들은 네가 다른 아이보다 조금 특별하고 조속한 아이라고
생각하고 있을 뿐이다. 제발 비야! 다시 한 번 생각해 보렴!"

마님이 간곡하게 말렸다.

"소자 이만 물러가겠습니다. 부디 건강하시고 오래오래 사십시오. 언젠가는
만날 날이 있을 것입니다. 소자 잊지 않고 찾아뵙겠습니다."

비는 큰 절을 각각 올렸다.

마님이 아들의 옷자락을 붙드는데도 아들은 뿌리치고 문 밖으로 나갔다.

밖은 첫 닭이 울기에 이른 새벽이었다.

"여보! 17년 만에 낳은 3대 독자요. 어떻게 좀 말려 봐요!"

마님이 눈물을 흘리며 애원했다.

대감마님은 여전히 눈을 감은 채 돌부처처럼 꿈쩍도 하지 않았다.

황금 보자기

'여인은 그를 사랑 했네
어찌나 힘이 센지 황소도 번쩍 들고
호랑이도 두려워하지 않을 만큼 용맹 하였다네
여인은 그런 그이를 첫눈에 반했다네
하지만
그는 겨드랑이에 날개가 달린 아기장수
인간 세상에 태어나지 말았어야 할 운명
여인은 그를 위해 기도했네
짓궂은 천사가 찾아와 말 했네
아침 햇살로 비단을 짜면
그를 살릴 수 있다고 했네
여인은 깊은 숲속에 들어가
목욕 재배하고 정화수를 떠놓고 기도하였네
7년 동안
황금빛 햇살로 비단을 짰네
그러나
여인이 베를 다 짜던 날
그는 떠나고 없었네
여인은 옥황상제를 찾아가 하소연 했네
옥황상제는 천년 후에 그가 오는 날
네가 다시 태어나
만나도록 약속했네.
이곳에서
이곳에서,'

"빛아, 너는 그 이야기가 꾸며졌다고 생각하느냐?"

"전 믿어요. 일이삼사오 음절도 있다고 믿어요. 도깨비방방이도, 도깨비감투도 있다고 믿어요."

"너도 나와 같은 생각을 가졌구나. 반갑다."

"그리고 그 후에 어떻게 됐어요?"

"그래, 낚싯배를 타고 섬에 가는 이야기부터 해야겠구나."

"몇 명이 갔어요?"

"일곱 명이 낚싯배에 타고 갔단다. 다섯 명은 낚시하러 가고, 한 명은 마술사라면서 섬이 좋아 섬에 간다고 하더라. 나는 소개할 때, 섬에 볼일이 있어서 간다고 말했다. 그래서 마술사와 나는 섬을 함께 둘러보았지. 그러다 우리는 섬 중턱 벼랑과 바위에 가려진 작은 굴 하나를 발견했지. 너구리굴처럼 작았어. 그때 마술사는,"

"마술사가 일이삼사오 음절을 가져갔어요?"

빛은 박사님의 말을 자르고 성급하게 질문했다는 걸 후회했다.

"그렇단다."

"그런데 왜 찾지 않았어요?"

"그러니까,……설명하면 이렇단다. 단처럼 둥근 바위 위에 곱게 개어 놓은 일이삼사오 음절을 차마 손을 댈 수가 없었다. 천 년 동안 기다려온 여인과 아기장수의 만남을 생각하니 양심이 허락하지 않았거든. 그래서 급히 굴 입구를 대충 메우고 섬을 빠져 나왔다. 그리고 일이삼사오 음절을 까맣게 잊고 해외에 5년 동안 박물관이나 오랜 사원 그리고 유물이 있었다던 오래된 동굴에도 들어가 보았지. 요술램프와 날아가는 양탄자, 해리포터가 탔다는 빗자루를 직접 보기 위해서 말이다……. 그때 난 또 다른 경험을 했지. 이집트에 갔을 때, 관광객과 함께 옛날 왕의 무덤에 들어갔었다. 그곳에서 이상한 경험을 했지. 벽에 있는 죽은 왕의 그림을 자세히 보기 위해서 가까이 다가갔더니 벽과 땅이 움직이더구나. 나는 땅이 움직이는 대로 그곳에 들어갔지. 내 뒤에는 사람들이 없었으니까 본 사람도 없었고.……그러자 죽은 왕이 환영처럼 벽에 나타나 내게 말했지. '내 보물을 찾아라! 내 보물을 찾아라!'라고 똑같은 말로 두 번 명령하더구나. 당황한 나머지 무슨 보물인지 물을 겨를도 없었다. 그 후로 난 잠깐씩이나마 죽은 사람을 볼 수 있게 됐단다. 죽은 왕이 내게 능력을 주었다고 생각한다. ……너는 어떻게 해서 죽은 사람을 볼 수 있게 됐느냐?"

박사님이 이야기를 마쳤을 때, 말을 많이 해서인지 박사님의 목소리는 갈라져 있었다.

빛은 신중할 필요가 있다고 생각했다. 이유는 확연하였다. 자신이 아옹개비 눈 아해라는 사실 하나만 말해도, 아해가 되는 과정부터 지금까지 지내온 이야기를 해주어야 했다. 그뿐인가. 황금보자기를 찾아야하는 이유도 말하게 될 것이고, 그러다보면 박사님이 자신의 비밀을 모두 알게 될 것이기 때문이었다. 언젠가 박사님과 생각이 다르고, 의견이 다르면 등을 돌리게 된다. 그때는 자신이 누구인지 사람들이 모두 알게 될 것이고 자신이 위험에 빠지게 될 것이다. 사람의 마음을 잘 안다. 친구에게 '비밀이야. 아무한테 말하지 마?'라고 손가락까지 걸고 지장을 찍고 약속한 적이 여러 차례 있었다. 며칠 지나면 친구와 약속했던 비밀을 다른 아이들도 알고 있었다.

"저도 그랬어요. 어느 날 갑자기 보였어요. 뭔가 그림자처럼 보였어요. 귀신이 흑백영화에 나오는 사람 같았어요."

빛은 거짓말이 들통이 나지 않으려고 떠들어댔다. 마음속으로는 박사님에게 미안했다.

"그래, 나도 그렇단다. 우리 이 사실을 누구에게도 말하지 말자."

박사님은 믿어주었다.

"약속할게요."

"당부할 게 있다. 너를 만나고 싶어 하는 귀신이 있다. 바다 건너에서 온 귀신이다. 그자가 일이삼사오 음절과 협상하자고 할 것이다. 넌 일이삼사오 음절을 그들의 손에 넘겨서는 안 된다."

박사님이 말할 때, 빛은 경기장에서 보았던 사령들을 떠올렸다.

"그자가 나를 찾아와서 일이삼사오 음절을 찾아주면 나를 명경감옥에서 꺼내준다고 제안 하더구나. 부사령청장이라는 귀신도 똑같은 약속을 했다. 나는 그럴 생각이 없다고 말했다. 설령 찾는다 해도 그들에게 주지 않을 것이다. 그리고 내가 이곳을 빠져 나가면 황금보자기를 잃은 마술사의 딸 신비네 집의 주소를 가르쳐 주마.

아차! 또 있다. 가짜 일이삼사오 음절에 속지 마라. 우리가 사는 세계에 가면 가짜 일이삼사오 음절들이 많단다."

빛은 박사님의 일이삼사오 음절이야기를 듣는 동안 잠이 몰려왔다.

11.

하치키 오헤비

빛은 시간을 가늠해 보았다. 굴에서 나왔을 때는 이른 아침이었다. 사령견과 실랑이를 벌인 시간과 부사령청장에게 붙들려서 사령국으로 오는 시간, 경기장에서 보낸 시간, 이곳에 와서 박사님과 이야기를 나눈 시간, 자신이 잠깐 잔 시간을 합하면 하루가 지난 아침일 수도 있었다. 조금 지나면 비명소리, 꺼내달라고 애원하는 소리, 흐느끼는 소리가 들릴 것이다. 조금 전까지 들렸던 박사님의 코고는 소리도 이제는 들리지 않았다.

빛은 한배를 탔다는 박사님의 말을 곰곰이 되새겼다. 함께 황금보자기를 찾자는 것인지,

다행히 황금보자기를 찾는 사람들에게 자신이 알려지지 않았다는 사실이 마음이 놓였다. 하지만 황금보자기를 찾는 동안 알려지

는 것은 시간문제일 것이다. 신중하게 행동해야겠다는 생각이 들었다. 그리고 박사님이 무사히 이곳을 빠져나갔으면 하는 마음이 간절했다. 황금보자기를 찾는 일은 같지만, 악령요람에 다니는 일, 회색세계와 사바세계를 구하는 일 그리고 미혹성 성주와 싸우는 일은 자신에게 주어졌다.

쉬이익-! 쉬이익-!

'이 봐! 네가 아옹개비 눈 아해나?'

아래쪽에서 나는 소리였다. 말하는 자는 뱀이 혀를 날름거리며 내는 소리였다. 특수 늑대어였다. 누군가가 찾아올 거라는 박사님의 말이 옳았다.

빛은 일부러 대답하지 않았다. 상대를 알지 못할 때에는 이름을 밝힐 때까지 기다리는 게 상책이었다. 찾아 올 때는 그만한 이유가 있으니까 조급하게 굴 필요는 없었다.

'이 봐! 내 말 들리지 않아?'

침입자의 조급함이 느껴졌다. 빛은 이쯤 되면 침입자가 이름을 밝힐 때라고 여겼다.

'경기장에서 널 봤다. 난 텐구라고 한다. 이웃 일본국에서 하치키 오헤비님과 함께 널 만나러 왔다.'

'텐구?'

텐구의 인내심을 한 번 더 실험하는 것은 후회를 불러올 수 있다고 생각했다. 빛은 귀어로 물었다.

'그렇다. 하치키 오헤비님이 널 보고 싶어 하신다.'

'저를 알아요?'

'우리 일본국에서도 정치하는 사령들은 알고 있다. 아웅개비 눈 아해.'

텐구가 이름을 밝히자, 빛은 더 이상 숨길 게 없다는 걸 느꼈다. 경기장에서 본 하치키 오헤비를 떠올렸다. 거리가 멀어서 그자의 얼굴을 볼 수 없었지만 느낌은 좋지 않았다.

'저를 만나자는 이유가 뭐예요?'

빛은 일부러 경계의 목소리로 물었다. 그러면 말하는 자는 대부분 자신을 믿게 하려고 두세 가지 비밀을 털어놓게 마련이었다.

'하치키 오헤비님이 긴밀히 할 이야기가 있다고 하셨다. 나는 심부름꾼에 불과하다.'

텐구는 요건만 말했다. 물론 추궁하면 정보는 얻을 수 있다. 하지만 누군가 대화를 엿들을 수 있었기에 그쯤은 빛도 양보할 수 있었다.

'전 만나고 싶지 않은데요.'

빛은 능청을 떨었다. 속마음은 하치키 오헤비를 만나고 싶었다. 의논은 하지 않더라도 일본국 사령을 알아두는 게 도움이 될 수 있다는 판단이었다. 그것도 일본국의 2인자라고 하지 않았던가.

'그자에 대해 궁금하지 않은가?'

'저도 알고 있는데요.'

'그자의 과거 코흘리개 때의 일 정도겠지.'

텐구의 말에 빛은 귀가 번쩍 뜨였다. 텐구가 자신에 대해 많은 사실을 알고 있음을 직감했다. 미흑성 성주인 그자와 싸우고 있다는 것도 알고 있으니까 그자를 들먹이며 만나자고 하지 않았는가.

'뭔데요?'

빛은 호기심이 발동했다.

'하치키 오헤비님은 그자에 대해 최근의 동향까지 많은 것을 알고 있다. 그래도 만나지 않겠는가?'

미끼일까? 아니면 만나려고 하는 술수일까?

빛은 믿기에는 아직 이르지만 하치키 오헤비를 만나고 싶은 강한 충동이 일었다.

'그뿐만이 아니다. 하치키 오헤비님은 세계를 두루 다녀서 세계 정세에 관해 많이 알고 있으시다.'

'좋아요. 하지만 어떻게 하지요? 전 명경감옥에 갇혀 있어서 여기서 빠져나갈 수 없는데요?'

'기회는 우리가 만들겠다.'

'언제요?'

'너는 사령법을 위반한 죄로 재판을 받는다는 이야기를 들었다. 그러면 1차로 조사를 받아야 한다. 우린 네가 조사를 받을 때, 기회를 만들 것이다. 걱정 마라.'

'괜찮은 방법이긴 한데 감시자가 많을 텐데요.'

'염려하지 않아도 된다. 암호는 영어로 '문'이다. 다시 만나자.'

텐구는 우리말로 '달'이라는 암호를 말하고 사라졌다.

'괜찮겠어?'

가다니가 더듬이로 팔을 톡톡 치면서 눈말했다. 위험하지 않겠느냐고 제차 물었다.

'나도 이번 기회에 세계 여러 나라 사령들을 만나두는 게 좋을

것 같아서.'

'박사의 말을 잊었어? 하치키 오혜비가 일이삼사오 음절을 거래하자고 하면 어떻게 할 거야?'

'나도 생각이 있어.'

빛은 황금보자기를 지키겠다는 강한 자신감을 보였다. 가다니도 그자가 세계 여러 나라를 다니면서 함께 할 세력을 모으고 있다는 것을 모르지는 않을 것이다.

'이건 알아 둬. 그자도 사령왕의 초청으로 왔지만 진짜 속마음은 일이삼사오 음절을 찾으러 왔을 거야.'

'가다니, 하치키 오혜비에 대해 알아볼 수 없을까?'

빛은 화제를 바꿨다.

'이곳은 사령국의 왕궁이야. 가랑잎네발나비는 얼씬도 못해.'

'꼬비하고 온 적이 있다고 했잖아?'

'그건 꼬비의 친척 중에 왕궁에서 요리사로 일하는 도깨비 아줌마를 따라 들어왔어.'

'도깨비 아줌마?'

'왜 만나고 싶어? 꼬비가 내게 말했어. 사령국에 들어가면 도깨비 아줌마를 만나라고.'

쿵쿵!

바닥 아래에서 벽을 치는 소리가 들렸다.

'누구지?'

빛은 귀를 세웠다.

'여기인 것 같은데?……'

웅웅거리는 낯선 귀어가 가까이에서 들렸다. 어느 나라의 사령인지 짐작이 가지 않았다.

'아해인가?'

이번에는 가까운 곳에서 소리가 났다. 어눌한 어투로 보아 외국에서 온 사령 같았다.

'누구신데요?'

'난 벽장이네.'

'아까 경기장에서 봤어. 미국에서 온 벽장괴물이야.'

가다니가 귀어로 속삭였다.

'다들 나를 벽장괴물이고 부른다네. 나는 그자에 대해 많은 흥미를 가지고 있네. 그래서 자네와 함께 일하고 싶네.'

'저 녀석도 만날 거야?'

가다니가 눈을 찡그렸다.

빛은 씩 웃기만 했다. 악령요람 2학년 때는 체험 학습이나 야외 활동을 하게 되면 악령요람 밖으로 많이 나간다. 나흘마 아저씨의 스승과 스님이 공중을 걸어 다니는 천행법(무림에서는 능공천상제)이나, 형체를 감추고 하늘을 나는 천비법 또는 천잠술(무림에서는 천마비행술 또는 천마잠행술)을 가르쳐 준다고 하니까 배울 셈이었다. 미국이나 유럽, 아프리카 그 어떤 나라에도 찾아가서 만날 계획이었다.

'저는 갇혀 있어요.'

'늙은 마녀를 도우려다 붙잡혀 온 걸로 알고 있네. 그 점이라면 사령국에 강력히 항의할 것이네. 나는 항상 정의의 편이네. 여의치

않다면 세계 여러 나라에 도움을 청할 걸세.'

빛은 벽장괴물의 말이 마음에 들었다. 함께 싸우고 싶은 생각이 들었다. 어쩌면 생각이 같을지도 몰랐다.

'내가 다시 올 테니 그때 만나세.'

'감사합니다.'

빛은 꼭 만나고 싶다는 마음을 알리기 위해서 힘차게 대답했다.

잠에서 깬 사령 하나가 명경감옥에서 꺼내달라고 고래고래 소리를 질렀다. 그러자 봇물 터지듯이 여기저기서 고함소리와 애원하는 소리, 울부짖는 소리가 뒤섞였다.

빛은 찡그렸다.

우우웅!

명경감옥이 움직이기 시작했다.

다시 개구리 자세로 몸을 다리에 붙이고 두 팔로 무릎을 힘껏 안았다.

빠르게 굴렀다가 천천히 굴렀다가 이리저리 구르기도 했다가 어딘가에 부딪치기도 하였다. 그러다 명경감옥이 거짓말처럼 움직이지 않았다.

박사님은 더 이상 연극은 하지 않았다.

십여 분이 흘렀다.

"식사다!"

밖에서 문을 두드리며 누군가 외쳤다.

문이 열렸을 때, 제일 먼저 주변을 빠르게 훑었다. 문은 모두 닫혀 있었다.

털로 뒤덮인 얼굴은 원숭이 같았고, 몸은 돼지처럼 뚱뚱하고, 다리는 코끼리처럼 굵은 사령들이 여러 가지 음식이 담긴 크고 작은 그릇을 들고 두 줄로 서 있었다. 맨 앞에는 나무젓가락과 수저, 크고 작은 접시와 대접 등이었다.

사령들이 먹는 음식이 있는가 하면 사람들이 먹는 음식도 있었다.

빛은 커다란 접시 하나와 주발 그리고 수저를 챙겼다.

불고기와 김치, 깍두기를 접시에 조금씩 담고 주발에는 잡곡밥을 조금 담았다. 마지막으로 물 한 컵을 받았다. 음식과 그릇을 나르는 사령들의 퀭한 눈이 예리하게 빛났다. 인간이 먹는 음식을 고른 탓이었다.

'미안하다! 너는 어떻게 하지?'

음식을 바닥에 내려놓는데, 가슴팍으로 기어 나오는 가다니를 발견했다.

'고약한 냄새군!'

가다니가 주둥이로 좌우로 흔들며 내뱉었다.

'미안!'

'다음에 잊지 말아줘. 연한 나뭇잎.'

가다니가 서운한 눈빛으로 눈말했다.

빛은 음식을 허겁지겁 먹었다. 배가 고팠던 터라 음식 맛을 느낄 틈이 없었다.

'돼지가 구정물 먹듯 요란하게 소리를 내는군!'

가다니가 빈정거렸다.

빛은 먹는데 정신이 팔려 듣지 못했다.

'빛깨비, 나와라.'

문이 열리며 수위가 불렀다.

수위 손에는 낭선창이 들려 있었다. 그리고 그의 뒤에는 사령경찰 셋이 있었다. 그들은 눈만 퀭하게 뚫린 회색 망토를 머리부터 발끝까지 뒤집어쓰고 있었다. 품속에 어떤 무기가 있는지 알 수 없었다.

명경감옥 밖에 나오자 폭이 사오십 미터 되는 잿빛 물이 흐르는 강이 있었다. 그곳에는 악어처럼 큰 입을 가진 수십 마리 큰 물고기 떼들이 돌고래처럼 물 위로 뛰어 올랐다가 물속으로 사라졌다. 강가에는 각종 뼈들이 흉물스럽게 드러나 있었다.

맨 앞에 섰던 수위가 강 저쪽으로 공중에 뜬 채 걸어갔다. 두 번째 사령경찰도 가볍게 건넜는데, 발이 물에 닿지 않았다.

빛은 강둑에 선 채 건너편을 바라보았다.

괴물 고기들의 날카로운 이빨을 보자 강을 헤엄쳐 건널 엄두가 나지 않았다.

사령경찰이 왜 건너지 않느냐고 으르렁거렸다.

"난,"

빛은 "난 인간이야."라는 말이 나오지 않았다. 사령이 더 잘 알고 있는데 굳이 말을 해야만 하는가라는 반항심 때문이었다.

'알았다.'

생각을 읽은 사령경찰이 갈대 잎처럼 긴 나뭇잎 하나 주워서 강에 던지며 주문을 읊조렸다.

나뭇잎은 순식간에 커져서 강둑을 연결하는 나무다리로 변했다.

다리를 건너고 숲을 지나자, 폭이 20여 미터 되는 큰 도랑이 앞을 가로막았다. 도랑 주변에는 살가죽이 뼈에 달라붙은 동물 시체들이 뒤엉켜 있었다. 다가가 보니 도랑에는 눈이 하나인 커다란 말거머리들이 헤엄치고 있었다.

사령경찰이 주위에 떨어진 낙엽 하나를 주워 공중에 던졌다. 조금 전처럼 주문을 읊조리자 낙엽은 튼튼한 배로 변했다.

강을 건너자, 초록잔디가 자란 광장이 나타났다. 광장에는 몇 개의 괴상한 동물들의 조형물들이 있었다. 다가가니 이삼십 센티미터의 가시처럼 생긴 풀밭에 죽지도 못한 동물들이 있었다. 그들은 무릎까지 가시가 튀어나와 꼼짝달싹 못하고 있었다.

100여 미터 떨어진 곳에는 바위와 기와로 지은 4층 석탑이 있었다.

상상하지 못한 여러 가지 장애물들은 침입자의 접근을 막기 위한 장치였다. 어서 빨리 천비법 또는 천행법을 배워야겠다는 생각이 들었다.

수위가 공중에 뜬 채 걸어갔다.

빛은 사령경찰 등에 업혀서 풀밭 위로 날아갔다.

그곳에도 사령경찰이 가로 막았다. 수위는 그중 지위가 높아 보이는 사령경찰에게 다가가 뭐라고 눈빛으로 교환했다. 그리고 수위는 그 자리에서 연기처럼 사라졌다.

문에는 50센티미터 크기의 눈깨비가 '환영합니다!' 하고 찡긋했다.

문을 통과하자 또 한 차례 신원 확인이 있었다.

어두운 지하실 입구에 들어섰다. 벽과 천정에는 각종 기이한 괴물들이 있었는데 어둠 속 야생고양이처럼 눈동자가 빛났고, 웅크리거나 으르렁거린 모습이 금방이라도 덤벼들 것만 같았다. 또한, 발을 내딛는 계단에는 뾰쪽한 못들로 가득했다.

사령들은 공중에 뜬 채 걷거나 날아갈 수 있었지만, 빛은 어림도 없었다.

부끄럽게도 이번에도 사령경찰의 등에 업혀서 100여 개의 구불구불한 계단을 내려갔다. 천정과 벽에 있던 괴물들이 세 차례나 공격했지만 사령경찰임을 알고는 공격을 멈췄다. 조사실에 다다르자 문마다 부릅뜬 눈깨비가 있었다.

'73호 빛깨비, 조사받으러 왔다. 검사는 있는가?'

눈깨비가 계신다고 윙크하자, 문이 열렸다.

키가 대략 1미터 30센티미터인 망토 쓴 자가 문 앞에서 맞이했다. 어두침침한 검사실 안에는 또 다른 망토 쓴 자가 눈을 번득이며 책상 앞에 앉아 있었다. 한눈에 검사임을 알 수 있었다.

키 작은 사령이 검사 맞은편에 앉으라고 턱짓했다. 의자는 갈라파고스 큰 거북이등이었다.

빛은 검사의 번득이는 눈빛을 보는 순간 두려움을 느꼈다.

검사가 종이 한 장을 내밀었다. 그의 손은 시커먼 털이 수북하게 났고, 사자처럼 큰 발톱이 있었다.

종이 위쪽에 있는 구불구불하고 삐뚤빼뚤한 글씨가 눈에 들어왔다. 악령요람 2학년 때 배우는 귀신 글자였다.

'귀어를 아는가?'

검사가 물었다.

'네.'

'그렇다면 귀어도 읽을 수 있는가?'

검사가 물었다.

빛은 읽을 수 없다고 고개를 저었다.

검사는 키 작은 사령을 향해 뭐라고 눈짓했다.

키 작은 사령이 아무 것도 쓰지 않은 종이 한 장을 내놓았다.

책상 모서리 구멍에서 연필 한 자루가 튕겨 나왔다. 키 작은 사령이 내민 종이 위에 뭔가 적었다. 자세히 보니 연필에는 이십여 마리의 개미 사령이 연필을 붙들고 있었다. 사령들은 연필심이 종이에 닿자, 바삐 움직였다.

종이 위에는 다음과 같은 한글이 쓰였다.

'첫째, 진실 된 마음으로 대답한다.

둘째, 어느 누구의 이익을 쫓아서 대답하면 안 된다.

셋째, 당신이 자백한 내용이 재판의 형량을 정하는데 불평을 해서는 안 된다.

......'

개미 사령이 모두 적자, 키 작은 사령이 알겠느냐고 눈을 치켜떴다.

빛은 '네'하고 대답과 함께 눈을 껌벅였다.

'검사님이 묻는 말에 거짓 없이 대답하라.'

목소리가 딱딱하였다.

'네.'

이번에는 두 자루의 연필이 움직였다. 하나는 검사 앞에 놓인 종이 위에서, 다른 하나는 한글이 쓰인 종이 위에서.

'이름?'

'빛깨비요.'

'묻는 것만 대답한다.'

'네.'

'사는 곳.'

'서울 은평구…….'

'직책'

'악령요람 1학년.'

부사령청장이 말하지 말라는 악령요람 학생 신분을 말했다.

번뜩인 검사의 눈이 키 작은 사령을 향했다. 그들은 등을 돌려서 눈빛으로 말을 주고받았다. 의견차가 있는지 대화중에 씩씩거리기도 하였다.

'악령요람 학생은 미성년 연령이다. 다시 말해 사령법을 배우지 않은 미성년이다. 그래서 악령요람 학생은 미성년 연령으로써 조사받은 적이,……'

검사가 귀어로 말한 글이 두 장의 종이에 쓰고 있을 때, 사방 벽에서 검은 망토를 쓴 사령 넷이 튀어나와 검사와 사령을 기절 시켰다.

검사가 앉았던 의자는 선인장 가시처럼 큰 가시가 빽빽이 돋아나 있었다.

'클클클클클!'

검은 물체 중 덩치가 유난히 큰 우두머리 사령이 기분 나쁘게 웃었다.

'장난하나!'

우두머리가 들여다보더니 종이를 입에 넣어 삼켰다.

빛은 행동이나 눈빛과 빈정거리는 말투에서 부사령청장이라는 걸 직감했다.

'인간 아해야, 이것만 알아두어라. 넌 악령요람 학생이 될 수 없다. 그 이유가 뭔지 알겠나?'

우두머리는 비열한 미소를 지었다. 그리고 품에서 종이 하나를 꺼내어 개미 사령 앞에 던졌다.

'받아 적어!'

우두머리 사령이 명령했다.

이름은 빛깨비이고, 사바세계인 아해가 도깨비로 위장하여 악령요람에 입학하였고, 사령견의 뒷다리를 일부러 걸어서 부러뜨린 죄라고 적었다. 그리고 검사의 지문을 찍은 종이를 한 장은 남기고 다른 한 장은 가지고 조금 전 나왔던 벽으로 사라졌다.

의식이 돌아온 검사와 사령이 의자에 앉으려고 애를 썼다.

그때였다.

이번에는 머리 위에서 사령경찰로 위장한 사령 둘이 나타났다.

의자에 앉으려는 검사와 사령의 목 뒤를 뚱뚱한 사령이 눌렀다. 두 사령은 또 다시 잠들었다.

'음.'

뚱뚱한 사령이 조사 받은 내용을 보고 심각한 표정을 지었다.

'조서가 바뀐 것 같아.'

뚱뚱한 사령이 키 작은 사령에게 말했다.

'예상했던 대로 입니다. 아해를 명경감옥에 가두려는 자가 사령국에 많습니다.'

'음!'

'사령청장을 중심으로,'

'그만하게.'

키 작은 사령이 누가 듣는다고 급히 말을 막았다.

키 작은 사령이 새 종이를 책상위에 놓았다.

개미 사령에게 처음 검사가 썼던 내용을 그대로 적게 했다.

개미사령은 글자 하나 빠뜨리지 않고 두 장의 종이에 적어내려갔다.

그들은 내용을 보더니 흡족한 미소를 지었다.

'문!'

뚱뚱한 사령이 망토를 벗으며 외쳤다.

경기장에서 보았던 하치키 오혜비였다. 키 작은 사령은 텐구였다.

'반갑스무니다!'

하치키 오혜비가 손을 내밀었다. 코앞까지 다가온 그의 눈을 통해서 '범상한 아이로무니다!'라는 감탄의 눈빛이 역력했다.

빛은 상대가 첫 만남에서 받았을 인상을 습관적으로 챙겼다. 고개를 숙여 인사했다.

'우리 일본국은 조선국을 돕고 싶스무니다.'

빛은 고맙다고 말했다.

'그자는 아해가 사령청에 붙들렸다는 소식을 듣고 지금 이리로 오고 있스무니다. 우린 이런 중대한 소식을 알려주기 위해 오늘 만나자고 한 것이었스무니다.'

'고맙습니다.'

'당연히 해야 할 일을 했스무니다.'

하치키 오혜비는 이빨을 반쯤 드러내고 자랑스럽게 웃었다.

'세계의 각 사령국은 그자의 막강한 힘을 두려워하고 있스무니다. 북쪽과 서쪽 그리고 남쪽 일부는 그자를 지지하고 있스무니다. 물론 각 사령국의 속마음은 알 수 없지만 이미 그자와 손을 잡았스무니다. 이 사실을 알고 있스므니까?'

하치키 오혜비의 표정은 격앙되었다.

빛은 모른다고 고개를 저었다.

'큰일났스무니다. 아해가 악령요람을 졸업하려면 앞으로 2년 6개월이 남았스무니다. 그동안 그자가 세력을 많이 많이 넓히겠스무니다. 대책이라도 세워야겠스무니다! 다행히 동쪽의 강대국인 아메리카와 몇몇 사령국은 이에 대해 염려하고 있스무니다. 귀하는 이점을 깊이 새겨들었으면 싶스무니다.'

'알겠습니다!'

빛은 마음에서 우러나오는 감사의 표정을 지었다.

'안타깝게도 우리는 오늘 떠나라는 사령국의 통보가 왔스무니다. 그러니 아해는 외국이나 사령국 안에 아는 자가 있스무니까? 우리가 연결 해주겠스무니다.'

빛은 꼬비의 먼 친척 중에 요리사로 일하는 아줌마가 떠올렸다.

'있는데요. 이름을 몰라요.'

빛은 기운 없는 표정을 지었다.

'어렵겠스무니다.'

'제가 도우면 안 될까요?'

귓속에 있던 가다니가 기어 나와 눈말했다.

'사령국에서 일하는 도깨비를 알아요. 찾는데 몇 시간 걸리지 않아요.'

'오! 신이 도와주었스무니다! 조선국에는 물에 빠지면 지푸라기라도 잡는다는 속담이 있으무니다.'

하치키 오헤비의 9개의 머리가 하늘을 향해 우뚝 섰다.

가다니가 염려 말라고 눈을 깜박이고, 하치키 오헤비의 주머니 속으로 사라졌다.

12.
사령법정

사령법정으로 가는 길도 조사 받으러 갈 때처럼 위험한 장애물
이 네 군데나 있었다. 사령들에게는 땅에 발을 내딛지 않으니까 길
이 필요 없었다. 덫이나 함정은 외부 침입자나 길을 잘못 든 짐승
들이 사령국에 들어서는 걸 방지하기 위해서 있었다. 그뿐만이 아
니었다. 하늘에도 드나드는 곳 외에는 보이지 않는 투명한 그물과
수많은 새의 사령들이 지키고 있었다.

'걱정할 것 없스무니다.'

어젯밤 하치키 오헤비가 떠나면서 남긴 말이었다. 처음 검사가
쓴 조서를 그대로 올렸다면 좋은 일이 있을 거라는 했다.

가다니가 꼬비의 먼 친척 아줌마를 만났는지, 무사히 사령국을
빠져나갔는지, 미흑성 성주인 그자는 도착했는지, 어제 조사 받은

조서가 판사에 잘 전달되었는지…….

빛은 여러 생각들로 머리가 터질 지경이어서 잠을 이룰 수가 없었다. 수십 번이나 '가다니가 있었다면'하고 간절한 생각이 들었다. 의논할 상대가 없다는 게 너무 힘들었다.

빛이 법정 안에 들어서자 누군가가 '인간 아해다!'하고 소리쳤다. 순간 법정 안은 소란스러워졌다. 판사석 아래 있던 사자 머리인 사이긴령이 조용히 하라고 소리쳤다. 소란이 줄어들지 않자, 퇴장시키겠다고 으름장까지 놓았다. 소란이 잦아들었다.

타원형인 법정 안은 학교 강당보다 두 배는 크고, 벽과 천정에는 각종 식물과 해초와 닮은 잿빛 잎 사이로 왕코브라, 악어, 독수리, 사자, 하이에나 그리고 해괴한 사령들이 잔뜩 웅크린 채 숨어있었다. 빛은 사령들한테 기습을 당할까 봐 마음이 조마조마하였다.

늑대 사령이 문 앞에 멈춰버린 빛의 등을 떠밀었다.

의자는 검사가 앉았던 의자처럼 가시가 있었다. 먼저 온 사령이나 사이긴령들은 10~20센티미터 공중에 뜬 채 앉아 있었다. 나중에 안 일이지만 사령들은 의자에 엉덩이가 닿으면 1~2분 내로 잠에 곯아떨어져서 재판 진행에 어려움을 겪는다는 것이었다.

빛은 주위를 둘러보았다. 이틀 전에 보았던 외국 사절은 보이지 않았다. 푸른 제복을 입은 서기 안내에 따라 피고인석으로 걸어갔다. 달갑지 않는 수많은 시선도 함께 따라왔다. 빛은 가시 의자에 앉을 수 없었다. 사령들의 따가운 시선을 느꼈다. 빛은 이들의 시선을 무시하고 박사님을 찾았다. 보이지 않았다.

늑대 머리인 서기가 가시 없는 둥근 나무의자로 바꿔주었다.

'자는 건 아니지요?'

서기는 예의를 갖춰 정중히 물었다. 늑대도 저런 친절한 면이 있나 싶었다.

'네.'

빛도 예의를 갖춰 대답했다.

곁에 앉은 할아버지 사이긴령이 '인간이 여긴 왜 왔어?'하고 눈을 부라렸다.

빛은 대꾸하지 않았다.

원형으로 놓인 12개의 판사석과 검사석 그리고 5개의 피고인석도 비어 있었다.

법정에 들어서는 문이 뒤에 두 개, 앞과 양 옆에 두 개씩 있었다. 그중 두 개의 뒷문에는 입장하지 못한 사령과 사이긴령이 있었다. 그들은 더 이상 들어올 수 없다는 서기와 실랑이를 벌였다.

빛은 왼쪽에 있는 여덟 명의 피고인들을 보았다. 허리가 구부러진 할아버지 사이긴령, 눈물을 흘리는 아줌마 사이긴령, 고개를 떨군 20대 남자 사이긴령, 두 손 모으고 기도하는 할머니 사이긴령, 한 뼘 크기의 주이령, 개의 사령, 마지막으로 바보처럼 입을 헤벌린 여자 사이긴령도 있었다.

유리처럼 투명한 젤리로 된 두꺼운 벽이 방청석과 피고석으로 나뉘어져 있었다.

그때, 방청석에서 할머니 사이긴령이 20대 남자를 향해 '우리 딸 살려내라!'라고 외치자, 방청석에 있는 모든 사령들이 '살인자!'라고 한목소리로 외쳤다. 할머니 사이긴령이 던진 커다란 돌 하나가 20

대 사이긴령을 향해 날아갔다. 돌은 투명한 젤리에 깊이 박혔다. 으레 일어나는 일인지 누구 하나 놀라지 않았고, 법원 서기도 '던지지 마세요!'라고 주의만 줄 뿐 쫓아내거나 별다른 제지도 하지 않았다.

또 다른 늑대 서기가 세 명의 사이긴령과 머리가 희끗희끗한 할아버지 한 사람을 법정 안으로 데리고 들어왔다. 사이긴령들은 한 뼘 가량 공중에 뜬 채 계단을 내려오지만 머리가 희끗한 할아버지는 천천히 걸어서 내려왔다. 그가 박사님이라는 걸 한눈에 알 수 있었다.

의자에 앉으려던 할아버지께서 가시 의자를 가리키며 서기에게 항의하였다.

서기는 공손하게 '죄송합니다'라는 말을 두 번이나 되풀이하며 밖으로 뛰쳐나갔다. 이어서 둥근 나무의자를 가져왔다.

빛은 아주 짧은 순간 박사님과 눈이 마주쳤다. 박사님의 첫 인상이 좋아보였다. 빛은 '저예요'라고, 박사님은 '네가 금빛이구나' 라는 눈빛으로 주고받았다.

박사님의 죄는 황금보자기를 최초 발견한 죄였다. 그의 인자한 눈이나 얼굴, 주름까지 나쁜 사람 같지 않아 보였다. 빛은 자신의 비밀 일부를 말한 것에 대해서 안심이 되었다.

속기사 원숭이 사령 둘과 조사를 맡았던 검사 열세 명이 오른쪽 문을 통해 들어왔다. 몇 초 사이에 열세 명의 변호인들이 들어왔다. 그들은 모두가 색의 농도만 다를 뿐 회색빛 한복을 입고 있었다. 그들이 앉자 그들 주위로 무색투명한 젤리막이 위에서 내려왔다.

검사들 중 번득이는 눈 하나와 마주쳤다. 빛은 그자가 자신의 담당 검사임을 직감했다. 사령인 그의 머리에는 하나의 뿔이 있었다.

또 다른 눈빛이 있었다. 변호인석에 앉은 하이에나 머리인 사령이 사악하게 웃고 있었다.

빛은 불길했다.

'판사님이 입장하십니다!'

왼쪽 판사석 아래에 있던 사자머리인 사이긴령이 일어서서 크게 외치자, 판사석 왼쪽 문이 스르르 열렸다.

판사가 앉을 자리 앞에도 투명한 젤리의 두터운 막이 천정에서 내려왔다.

12명의 판사들은 공중에 뜬 채 스르르 들어와 자리에 앉았다. 몸은 인간과 닮았으나 머리는 열두 동물의 머리였다. 사람인 사이긴령은 없었다.

빛은 신이 있다면 도와달라고 간절하게 빌었다.

중앙에 앉은 판사들 뒤쪽으로 흰 연기가 몽글몽글 피어올랐다. 1미터 두께의 구름이 생기고, 구름 위에는 책이나 텔레비전에서 본 산신령을 닮은 할아버지가 있었다. 그가 팔걸이 소파에 앉는 자세로 판사와 방청석을 내려다보았다.

모두 일어나 고개를 숙여 예의를 표했다.

'할아버지는 누구세요?'

빛은 왼쪽에 있는 할아버지 사이긴령에게 눈말로 물었다.

'오늘 재판이 공정한지 보려고 하늘에서 온 사자다.'

할아버지 사이긴령이 낮게 말했다.

똑똑!

신발로 바닥을 두 번 두드리는 소리였다. 맨 오른쪽에 앉아 있는 박사님이었다.

'어깨를 펴고 당당하게 앉아라.'

박사님이 눈과 눈 주위 근육을 이용해 말했다. 독심술이었다.

빛은 고개를 끄덕였다.

'호랑이에게 잡혀가도 정신만 차리면 산다.'

박사님의 두 번째 독심술이었다.

빛은 앞을 보았다.

"고일만 반귀는 옆 사령과 이야기하지 마라!"

사자 사이긴령이 주의를 주었다.

박사님은 '나 이야기 하지 않았소.'라며 시치미를 뚝 뗐다.

사자 사이긴령은 박사님을 잠깐 노려볼 뿐 그냥 넘어갔다.

'사령국 사이긴령과 사령 그리고 인간 여러분, 재판을 시작하겠습니다.'

중앙에 앉은 소머리 재판장이 귀어로 알렸다. 그러자 서기가 인간의 목소리로 알렸다.

'먹보 검사, 땅콩 사령경찰을 불러 주시오.'

소머리 재판장이 서기에게 말했다.

대기하고 있던 1미터도 안 되는 사령경찰이 들어와 재판장에게 고개를 숙인 다음 먹보 검사 옆에 섰다. 그리고 속기사에게 자신이 사령청에 속한 직위와 나이, 이름을 또렷하게 밝혔다.

'먼저 인간 고일만 씨의 재판을 시작하겠습니다. 일어나시오.'

소머리 재판장이 말했다.

박사의 몸은 약간 휘청거렸지만 표정만은 흔들리지 않았다.

'여기가 조선국 사령법정이라는 걸 알고 있습니까?'

재판장이 귀어로 묻자, 서기가 박사 곁에서 통역했다.

"알고 있습니다."

'사령법정도 사바세계 법정과 조금도 다르지 않습니다. 미리 말해두는데, 협박이나 회유 그리고 죄를 면하기 위해 진실을 거짓으로 진술하면 고일만 씨는 구제 받을 수 없다는 걸 알고 있습니까?'

"압니다."

'그럼 진술로 넘어가겠습니다. 고일만 씨는 한 치의 거짓 없이 진술에 임해주시기 바랍니다.'

"알겠습니다. 재판장님!"

박사님의 굳었던 표정이 풀렸다.

'땅콩 씨, 고일만 피고인을 이곳 법정에 세운 이유를 진술하시오.'

'고일만 씨는 대한민국 국민이지요?'

땅콩 씨의 질문을 서기가 박사에게 귓속말로 이야기했다.

"맞습니다."

'옛날 유물을 연구하는 박사 학위를 사바세계인 S대학원에서 받았다는 게 사실입니까?'

"그렇습니다."

'세계 여러 나라를 돌아다니며 불가사의한 유물을 직접 확인한

적이 있습니까?'

"일부에 불과합니다."

'그 유물을 지금 밝힐 수 있습니까?'

"그건 곤란합니다. 유물은 그 나라의 일급비밀에 해당합니다."

'좋습니다. 이번 황금보자기도 여기에 해당합니까?'

"그렇다고 봐야지요."

'또 다른 불가사의 유물도 알고 있습니까?'

"밝혀야만 합니까?"

'꼭 그런 것은 아닙니다만,……. 황금보자기는 우리 회색세계의 유물이라는 것을 알고 있었습니까?'

"몰랐습니다."

'이에 대해 거짓말을 하면 어떠한 처벌도 받는다는 것도 알고 있습니까?'

"처음 듣는 말입니다."

'현명하신 재판장님, 피고인의 진술이 사실인지 아닌지 진실면경을 사용해도 되겠습니까?'

땅콩 사령경찰이 재판장을 향해 말했다.

'그렇게 하시오.'

소머리 재판장은 고개를 끄덕였다.

사자 서기가 커다란 타원형 물건을 가지고 나타났다. 물건의 다리는 학의 다리이고, 윗부분에는 에메랄드빛 타원형 거울이 있고, 거울 둘레에는 왼쪽부터 방울토마토 크기에서 호박만 한 주먹이 순서대로 일곱 개가 있었다. 한눈에 거짓말의 정도에 따라 주먹이 튀어나간다는 걸 짐작할 수 있었다.

'고일만 씨는 진실면경 앞에 서 주시오.'

소머리 재판장이 외쳤다.

박사는 진실면경 앞에 섰다. 표정을 보니 불안한 기색이 나타났다.

'다시 묻겠습니다. 황금보자기는 우리 회색세계의 유물이라는 것을 알고 있었습니까?'

"모, 몰랐습니다."

당황하였는지 말을 더듬었다.

모두 진실면경의 주먹을 바라보았다. 하지만 어느 주먹도 움직이지 않았다.

땅콩 사령경찰의 안색이 어두워졌다.

'고일만 씨는 자리에 앉으시오. 그리고 땅콩 씨는 계속 심문하시오.'

'고일만 씨는 불가사의한 유물을 밝힐 수 있습니까?'

"곤란합니다."

'말하지 않겠다 이 말씀이군요. 좋습니다. 사바세계에 사는 인간이 회색세계에 발을 들여놓는 것이 위법이라는 걸 사전에 알고 있었습니까?'

"몰랐습니다."

'이번 회색세계에 발을 들여 놓은 것에 대해 어떠한 처벌도 받겠습니까?'

"사령법이 정당하다면 따르겠습니다."

박사님은 당당하게 대답했다. 몇 번의 질문도 막힘없이 대답했다.

이어서 반대 질문도 이어졌다.

'천 년 동안 드러나지 않은 황금보자기의 장소와 비밀을 사바세계에 알린 죄입니다. 이 사실을 알고 있는 인물이라 여겨서 법정에 세웠습니다.'

땅콩 사령경찰이 재판장에게 말했다.

'고일만 씨, 땅콩 씨의 진술이 사실입니까?'

"재판장님, 황금보자기를 첫 번째 발견한 것은 사실입니다. 사바세계에 알리려고 발견한 것은 아닙니다. 물건이 도둑맞으면서 세상에 알려지게 된 것입니다."

박사님은 흔들림 없이 말했다.

사령경찰 편인 검사와 박사님 편인 변호인이 미묘한 차이를 두고 서로 공격하였다. 재판장은 가끔 '음'하며 신음소리를 냈다.

'이제 판결을 내리겠습니다.'

소머리 재판장은 박사님을 뚫어져라 바라보며 외쳤다.

'인간 고일만 씨는 사바세계에서 살아 있는 동안 황금보자기 라는 말을 입 밖에 꺼내지 말 것을 사령국 열두 명의 판사 다수결 의견 일치로 명령합니다. 이에 불복합니까?'

'아닙니다. 만족합니다. 재판장님.'

박사님은 감사의 미소를 지었다.

'땅콩 씨에게 고일만 씨를 최초 붙잡은 사바세계의 장소로 안전하게 인도할 것을 명한다. 그리고 이곳에 있었던 기억들을 모두 지

울 것도 명한다.'

땅콩 씨와 검사는 고개를 숙였다.

박사님은 빛에게 정신 바짝 차리라고 말하고, 서기의 안내에 따라 법정 밖으로 빠져나갔다. 그의 발걸음이 가벼웠다.

두 번째 법정에 선 사이긴령은 랑랑 의사였다.

그를 법정에 세운 사령경찰은 머리에 뿔이 하나 있었다.

사령경찰은 책을 읽듯이 사이긴령의 죄를 낱낱이 말했다.

랑랑 의사는 사이긴령과 사령의 무덤 속에 들어가 신체의 일부분을 훔쳐서 다른 사이긴령이나 사령에게 수술하여 이득을 챙긴 죄가 수십 차례 있었다고 말했다. 그러자 랑랑 의사는 자신은 이득을 챙기려고 한 것이 아니라 박애와 봉사정신으로 그들의 수술을 적은 실비를 받고 도와주었다고 우겼다. 그래서 그의 앞에도 진실면경이 놓였다.

'다시 한 번 묻겠습니다. 의사는 이득을 챙기기 위해서 시체를 훔쳐 수술을 하였습니까?'

'매, 맹세코 아닙,'

랑랑 의사가 말을 마치기도 전에 호박만 한 주먹이 날아와 의사의 오른쪽 턱을 날렸다. 랑랑 의사의 머리는 수십 바퀴를 돌더니 눈과 코가 있는 얼굴 부분이 목 뒤쪽에서 멈췄다.

'랑랑 씨는 죄를 인정합니까?'

랑랑 의사는 기어들어가는 목소리로 인정한다고 대답했다.

그의 죄는 훔친 신체 부분에 따라 형량이 달랐는데 그의 모든 형량을 합친 결과 268년이었다. 그는 변호인과 함께 형량이 무겁

다며 감해줄 것을 간절하게 호소했으나 받아들여지지 않았다.

세 번째 사이긴령은 가족이 보고 싶어서 사바세계에 다녀온 죄였다.

그는 10년 간 명경감옥에 갇혀야만 했다. 이유는 회색세계가 사바세계에 알려지는 것만은 사령국의 헌법에 세 번째로 명시 되어 있기 때문이었다. 그도 역시 선처를 애원하였으나 받아들여지지 않았다.

네 번째 사령은 사이긴령의 물건을 훔친 죄였다. 사령은 10일 동안 사령국에서 청소하는 벌을 주었다. 그는 만족한 미소를 지으며 법정을 빠져 나갔다.

다섯 번째 빛의 차례가 되자, 빛은 손에서 식은땀이 났다. 형량을 결정할 때 남의 일 같지가 않았다.

판사는 쥐머리인 판사였다. 그의 눈은 쥐처럼 작고 날카롭게 빛났다. 수염이 30센티미터나 되었고, 길고 뾰쪽한 송곳니는 입 밖으로 뻐드렁니처럼 튀어나왔다. 오랫동안 나무를 갉지 않아서 송곳니가 자란 것 같았다. 갑자기 처참하게 죽은 쥐가 떠올랐다. 추석 성묘를 마치고 오는 길에 차에 치여 납작하게 죽은 쥐를 보았었다. 자신이 죽인 쥐는 아니지만 마음이 불안하였다.

빛은 조서를 훑어보는 쥐 판사의 표정을 관찰했다. 속마음을 드러내지 않는 마음훈련을 하였는지 쥐 판사는 속내를 드러내지 않았다.

쥐 판사가 부사령청장을 불렀다.

황소 부사령청장은 다리가 부러진 사령견을 앞세우고 들어섰다.

그가 가장 먼저 빛을 보았다. 그가 사악한 미소를 지었다. 검사가 올린 조서 내용을 알고 있는 게 분명했다.

황소 부사령청장은 속기사에게 자신의 직책이 부사령청장임을 방청석까지 들리게 말 해놓고 '내가 누군지 적었소? 말해보시오!' 하고 큰소리로 확인한 다음에야 법정에 선 이유를 간단하게 말했다.

'황소 씨는 인간 아해를 본 법정에 세운 이유를 진술하시오.'

쥐 판사가 말했다.

황소 부사령청장은 재판장을 향해 일어섰다.

'현명하시고 고매하신 재판장님! 인간 아해 금빛은 악령요람에 도깨비로 위장 입학한 죄와 회색세계에 발을 들여놓은 죄와 회색세계를 사바세계에 알린 죄와 사령견의 다리를 일부러 부러뜨린 중대한 죄를 인정하여 본 법정에 세웠습니다. 이를 잘 살피시어 현명한 판단을 내려주시길 바랍니다.'

부사령청장은 증언했다.

'이의를 제기합니다.'

검사가 일어섰다.

'검사는 말하시오.'

'본 검사는 인간 아해를 조사하였습니다. 아해는,'

그때였다.

판사석 위로 참새 크기만 한 검은 나방 한 마리가 날아들었다.

빛은 나방의 나는 모습이나 생김새가 눈에 많이 익었다는 걸 느꼈다. 그렇다. 마당에 나타났던 나방이었다. 어느 시골 마을에 수

억 마리가 나타났다고 하여 인터넷에서 검색해본 적이 있었다. 목이 길고 외눈을 가진 나방이었다.

나방의 외눈과 하늘에서 온 사자의 인자한 눈이 마주치자 불꽃이 튀었다.

몇몇 사이긴령과 사령들이 놀라 의자 밑으로 숨거나 부들부들 떨었다.

'법의 사자를 몰라 뵈어 대단히 실례를 했소이다. 용서하시지오!'

나방의 목소리는 용서를 구하는 목소리가 아니라 거만했다.

'여기는 신성한 법정이오. 방청석으로 가 주시오!'

쥐 판사가 소리쳤다.

'알겠소이다. 재판장님.'

그자가 형체를 드러냈다. 가시 돋은 망토를 걸친 몸집이 큰 사이긴령의 모습이었다.

'물러가기 전에 한 말씀 드려도 되겠소이까?'

쥐 판사는 대답대신 침을 삼켰다.

'현명하시고 공정하신 여러 재판장님, 이번 아해의 재판은 부디 공정한 판결을 바라오. 세계가 지켜보고 있다는 걸 잊지 말아주셨으면 합니다. 그러니 현명한 쥐 재판장님의 명 판결을 기대하겠소이다. 그럼 저는 이만 물러가겠소이다!'

그자는 거만한 목소리로 말했다. 그리고 빛의 코앞까지 다가왔다.

'음!'

그자가 섬뜩한 눈빛으로 빛을 노려보았다.

　빛도 이에 지지 않고 그자를 노려보았다. 다들 두려워서 그자와
눈도 마주치지 않았지만,
　'방청석에서 널 지켜보마!'
　그자는 귀어로 말하고 방청석으로 날아갔다.
　판사가 떨리는 목소리로 다시 재판을 시작하겠노라고 소리쳤다.
　'귀어로 말해도 돼요?'
　빛은 판사에게 물었다. 판사와 변호사 그리고 검사에게 생각을
정확히 전달하기 위해서였다.
　쥐 판사가 고개를 끄덕였다.
　'저는 처음부터 도깨비가 되고 싶지 않았어요. 그리고 도깨비로

변장하거나 악령요람에 입학하는 것도 제가 한 게 아니에요.'

빛은 당당했다. 두렵지 않다는 걸 보여주고 싶었다. 그자의 거만한 콧대를 꺾어주고 싶었다. 물론 자신이 윤회 과정을 거치기 천년 전 왕이었고, 그자는 성주가 되기 천 년 전 아기장수였다는 사실도 조금 작용했다.

'모든 게 타고난 숙명이라는 이유 하나만으로 누군가에 이끌려 회색세계에 왔어요. 진짜요.'

'이의 있습니다.'

부사령청장이 외쳤다.

'아직 금빛의 진술이 끝나지 않았습니다. 기다려주세요!'

쥐 판사가 경고했다.

부사령청장은 '으!'하며 두 주먹을 흔들며 의자에 앉았다.

사령견의 뒷다리를 발로 일부러 걸어서 넘어뜨린 것은 사실이나, 다리를 부러뜨린 일은 사령견이 했다는 걸 빠짐없이 이야기했다.

반박할 기회를 얻은 황소 부사령청장이 사령견의 다리를 일부러 걸어서 넘어뜨린 일과 부러뜨린 걸 직접 목격했다고 진술하였다.

빛을 유리하게 변론하는 변호사와 황소의 변론을 맡은 변호사도 공방전을 벌였다.

'그러면 금빛 아해의 진술이 사실인지 아닌지 진실면경을 사용하게 해 주십시오.'

빛을 변호하는 변호사가 쥐 판사에게 말했다.

'재판장님, 안 됩니다. 진실면경이 인간 아해에게 진실이 통할지 의문스럽습니다.'

부사령청장이 말했다.

쥐 판사가 잠시 휴정을 선언했다. 12명의 판사들이 머리를 맞대고 회의를 하였다.

다시 재판이 시작되었고, 공방전이 끝나지 않자, 빛은 진실면경 앞에 섰다.

빛은 사령견의 다리를 일부러 걸어서 넘어뜨린 일은 인정하고, 다리를 부러뜨린 일은 인정하지 않았다. 진실면경의 주먹은 움직이지 않았다.

황소가 주먹을 불끈 쥐고 판결에 불만을 드러냈다.

'황소 씨는 금빛 군을 데리고 온 최초의 장소까지 안전하게 바래다주시오!'

쥐 판사의 최종 판결문이었다.

'하하하하하! 오늘 아해의 판결을 잘 기억하겠소이다! 그리고 아해야, 하나 뿐인 네 몸을 조심 하거라!'

방청석에 있던 그자가 말하고 '펑'소리를 내며 연기처럼 사라졌다. 모두들 어두운 표정들이었다. 하지만 빛은 그자를 이겼다는 생각에 기뻤다.

< 2권에서 계속 >

독자들의 관심을 끌고 있는
김삼동 작가 특유의 판타지 세계

— 박 성 배 아동문학가 —

독자들의 관심을 끌고 있는
김삼동 작가 특유의 판타지 세계

박 성 배 　아동문학가

1. 독자들이 기다리는 '아옹개비 눈 아해' 시리즈

김삼동 동화작가의 판타지 동화 『아옹개비 눈 아해와 가면』1,
2편이 독자들의 뜨거운 호응을 받고 있다. 가끔 김삼동 작가와의
전화 중에 생각보다 많은 독자들이 찾고 있다는 기쁨에 찬 목소리
를 듣곤 한다. 2편 마무리에 김삼동 작가가 예고했던 『아옹개비
눈 아해와 황금보자기』1,2편이 나왔다. 큰 흐름으로는 3,4편인 셈
이다. 필자도 은근히 3편이 언제 쯤 나오나 기다리는 중이었다. 그
런데 생각보다 빨리 나왔다. 그만큼 김삼동 작가가 이 판타지 이야
기에 집중하고 있다는 증거다. 필자는 메일로 3,4편 작품을 받아
A4 용자로 90장이 넘는 분량을 프린트해 가지고 다니면서 읽었다.
국제펜한국본부에서 주최하는 '제4회 세계한글작가대회'에 참가하
기 위하여 경주를 가면서 필자는 2시간이면 가는 ktx를 타지 않고
6시간 족히 걸리는 무궁화호를 탔다. 느긋하게 앉아 프린트한 작
품을 정독하기 위해서였다. 김삼동 작가는 작품을 보낸 지 한 달이

넘는데 왜 감감무소식일까 하고 염려 했을지도 모르겠다. 우선 좀 성급하다싶겠지만 4편의 마지막 장면을 먼저 살펴보자.

빛은 눈물이 왈칵 솟아졌다.

"엄마, 나야.……금빛이라고!"

"난 너 같은 아들을 낳은 적 없다!"

문이 잠겼다. 열라고 문고리를 당기며 흔들었지만 열어주지 않았다.

문틈으로 바라본 엄마의 어깨가 들썩이는 게 보였다. 울고 있었다.

"엄마!"

'늦었어. 빨리 악령요람에 들어가야 돼.'

꼬비가 어깨를 흔들며 재촉했다.

'빨리!'

이번에는 꼬비가 팔을 잡아 당겼다.

빛은 팔소매로 눈물을 훔치며 돌아섰다. 몇 번이고 엄마가 있는 방문을 보았다.

'내가 말했잖아. 널 만나주지 않을 거라고.'

엄마가 나를 외면하는 이유가 뭐지? 아옹개비 눈 아해라서? 병원에 입원한 가짜 빛이 진짜 아들이라서? 아님 숙명을 타고난 아들이라는 걸 알고?

아님……아냐. 그건 아냐. 아빠와 이혼한 것은 아냐. 박사님도 그런 말 안 했어.

그렇게 보고 싶었던 엄마가 외면하는 이유를 빛은 알 수 없었다.

마음이 찢겨지는 것 같이 아팠다.

'악령요람에 들어갈 시간이야.'

꼬비가 등에 손을 얹으며 말했다.

빛은 악령요람이 있는 곳을 바라보았다. 푸른빛으로 둘러싸여 있었다. 수천 마리의 검은 새 떼가 금지된 숲 위를 원을 그리며 날고 있었다. 죽은 사령을 먹는 연오였다. 두려움이 온몸을 훑고 지나갔다.

마음까지 춥다.

왠지 이번 2학기에는 무슨 일이 꼭 벌어질 것만 같았다.

('25. 외면하는 엄마'마지막 부분 중에서)

이렇게 4편의 마지막 장면을 보인 것은 필자도 다음에 이어질 Ⅲ이 기다려지기 때문이다. 작가는 4편에서 5편으로 바통을 넘겨주면서 독자들의 관심을 한껏 부추기고 있다. 어렵사리 엄마를 찾아왔는데 엄마는 왜 매몰차게 너 같은 아들 둔 적이 없다고 말했을까? 이번 학기에는 왠지 무슨 일이 벌어질 것만 같다고 시사했는데 과연 무슨 일이 벌어질까? 큰 흐름으로는 아옹개비 눈 아해가 황금보자기를 어떻게 찾게 되며, 과연 성주를 제압할까? 그 과정과 결과는 어떠할까? 등 4편을 읽은 독자들이 5편을 기다릴 수밖에 없는 궁금증을 주고 있기 때문이다. 김삼동 작가는 시리즈로 계획한 '아옹개비 눈 아해' 이야기를 어떻게 독자들의 관심을 붙잡고 갈 수 있을지 이미 이야기 중에 계획하고 있다.

영국의 작가 J.K.롤링이 쓴 판타지 소설 『해리포터』가 나올 땐 독자들이 다음 이야기가 궁금해 책을 사려고 줄을 섰다. 그런데 '아옹개비 눈 아해' 시리즈 3,4편인 『아옹개비 눈 아해와 황금보자기』가 나오는데 아는 사람만 알 뿐이다. 그 이유는 여러 가지 있겠지만 가장 큰 문제는 홍보가 제대로 되지 않기 때문일 것이다. 그러나 1,2권에 이어 3,4권으로 이어지면서 하나 둘 소문이 물 너울처럼 퍼져서 어느 순간 댐이 터져 물이 쏟아지듯 '아옹개비 눈 아해' 시리즈를 찾는 독자들이 줄을 서서 기다리는 장면을 그린다. 경주에서 열린 '세계한글작가대회'에는 명칭 그대로 세계적인 석학들과 문인들이 강연을 했다. 이런 대회에서 아직 세계 유명인은 아니지만 놀라운 작품을 내놓은 한국 신진 작가들의 목소리도 섞일 수 있다면 금상첨화가 아닐까 하는 생각을 했다. 물론 '아옹개비 눈 아해' 시리즈를 창작하고 있는 김삼동 작가를 포함해서다.

2. '단순명쾌'한 흐름을 잘 유지한 '아옹개비 눈 아해' 시리즈

혹 『아옹개비 눈 아해와 가면』을 읽지 않은 상태에서 3,4편인 『아옹개비 눈 아해와 황금보자기』를 읽는 독자들을 위해 1,2편에 실은 필자의 글 일부분을 옮겨 온다.

주인공은 '빛'이라는 이름을 가진 12살 아이이다. 여의주를 삼키면서 회색세계와 사바세계(인간세계)를 오고 가는 삶을 살며 두 세계를 구하는 숙명을 타고 났다. 회색세계에서는 빛깨비 또는 아옹개비 눈 아해라고 부른다. 주인공 '빛'의 소개만으로 이 이야기의 흐름을 요약해 주는 효과가 있다. 그러니까 이 판타지 이야기의 큰 흐름은 '빛'이 회색세계와 인간세계를 구하는 내용이다. 다른 등장인물로는 도깨비인 꼬비와 퉁이, 퐁이가 등장하며 '빛'과 맞서는 세력으로 사령청장의 아들 숏다리와 창고지기 왕추 등이 나온다.

이 외에 두꺼비의 옛 이름을 가진 나흘마, 가랑잎네발나비의 애벌레 사령인 가다니, 쥐의 영혼 주이령, 박쥐의 영혼 복주이령, 구렁이의 영혼 가이루영, 여우의 영혼 사유령, 지네의 영혼 제니령 등 짐승이나 벌레, 곤충과 관련한 이름 자체만으로도 독자들의 관심을 끌기에 충분하다. 여기에 천 년 전 겨드랑이에 날개를 가지고 태어난 아기 장사였는데 장차 커서 임금을 죽이고 자신이 임금이 된다는 소문 때문에 죽임을 당했는데 그 원수를 갚기 위해 천 년 동안 도술을 익혀 연옥에서 도망쳐 나왔다는 미흑성 성주는 제주도의 '연디'오름에 얽힌 전설인 '날개달린 장수 이야기'에서 가져와 그 후편을 이어가는 듯한 재미를 준다. 아웅개비 눈 아해와 가면』은 한국적인 정서에 맞는 등장인물들의 창조로 서양의 판타지와 다른 한국적인 판타지를 열고 있다.

여기서 독자들을 마치 상상열차를 태워 달리듯 새롭게 펼쳐지는 이야기들은 이 작품이 지닌 즐거움이라 할 수 있다. 시리즈로 펼쳐지는 이야기들이지만 다 읽고 나면 이야기의 특징인 '단순명쾌함'이 잘 유지되고 있음을 깨닫게 된다. 아무리 긴 이야기라도 '단순명쾌' 하면 독자들의 머리에 혼란을 주지 않는다. 그러나 짧은 이야기라도 '단순명쾌' 하지 않은 이야기는 독자들에게 혼란과 짜증을 주게 된다. 결국 '무슨 이야기를 하자는 것이야?' 하고 불만을 하며 책을 놔 버리게 된다. 이는 마치 낚시를 하는 이치와 같다. 물고기가 물린 낚시를 끌어올릴 때 성급하게 잡아채거나 팽팽한 줄을 잘 유지하지 못하면 물고기를 놓치게 된다. 낚시꾼은 줄을 팽팽하게 유지하면서 물고기와 힘겨루기를 하는데 이때 손에 오는 감각을 '손맛'이라 표현한다. 낚시꾼들은 이 손맛 때문에 낚시를 하는 것이다. 작가도 마찬가지이다.

덜하지도, 더하지도 않게 작품의 줄을 팽팽하게 유지하는 동안 작가는 남다른 희열, 즉 '손맛'을 느끼게 된다.

『아옹개비 눈 아해와 황금보자기』를 읽으면서 필자는 이야기에 밝혀지지 않은 김삼동 작가가 즐기고 있는 '손맛'을 느낄 수 있었다. 말하자면 이야기의 큰 흐름이 강줄기처럼 흐르고 있어서 작가의 상상이 무궁무진하게 펼쳐져도 독자들이 혼란스러워 하지 않고 즐길 수 있다는 것이다. 3,4편에서 『아옹개비 눈 아해와 황금보자기』로 제목이 바뀌었어도 특유의 '단순명쾌성'은 유지되고 있다. 우리의 옛이야기는 물론 동서양의 이야기에서도 볼 수 있듯이 주인공이 어떤 일을 성취하려면 삼 세 번이라는 원칙이 적용된다. 예를 들어 왕자가 공주를 구출하는 이야기라면 왕자가 한번 싸워서 위험에 처한 공주를 구하는 이야기는 거의 없다. 공주를 구하기 위해서 사람들이 한 번도 넘어 본 적이 없는 악마의 산을 넘어야 하고, 목이 일곱 개 달린 뱀을 처지한 후, 십 리나 뻗은 가시밭을 헤치고 들어가야 하는 등 목숨을 건 모험을 해야 한다. 이런 이야기들이 복잡하게 펼쳐지는 것 같지만 공주를 구하는 이야기라는 '단순명쾌' 함이 있어 독자들은 혼란스러워 하지 않고 이야기를 즐기는 것이다. '아옹개비 눈 아해' 시리즈 역시 여의주를 삼킨 12살 아이 '빛'이 회색세계와 사바세계(인간세계)를 오고 가는 삶을 살며 두 세계를 구한다는 '단순명쾌'한 강줄기가 시원스럽게 흐르고 있는 작품이다.

3. 독자의 흥미를 사로잡을 줄 아는 이야기꾼

『아옹개비 눈 아해와 황금보자기』는 악령요람이 방학을 해서 학생들이 요람을 나가는 장면에서부터 시작된다. 그 첫 제목이 '마법이 걸린 굴로'이다. 제목부터가 악령요람을 나가면서 특별한 모험이 시작된다는 것을 암시하고 있다.

빛은 어젯밤 잠을 설쳤다.

새벽이 되어서야 잠들었는데, 악령요람 학생들이 쿵쾅대는 소리에 잠이 깼기 때문이다. 방학이 되어서 학생들이 집에 가려고 새벽부터 난리법석을 떨었다. 마치 침대와 책상 심지어 문의 손잡이까지 모두 떼어 가는 것 같았다. 목소리는 듣지 못했지만 숯다리와 그의 패거리들일 거라고 확신하였다. 왜냐하면 왕추 아저씨가 사라지게 한 원인이 빛 때문이었으니까.

자려는 걸 포기했다. 이유는 의식이 깨어 있기만 하면 머릿속에 떠오르는 것들 때문이었다.

식물인간이 된 가짜 빛과 아빠는 잘 지내고 있는지. 사라졌다는 엄마와 동생 시아는 집에 돌아왔는지. 여의주를 먹고 아옹개비 눈 아해가 된 사실을 부모님께 어떻게 설명해야 될지, 도깨비 꼬비는 만날 수 있을지 그리고 왕추 아저씨는 정말 사라졌는지, 왕추 아저씨가 없으면 악령요람은 위험에 빠진다는데……, 무엇보다 자신이 회색세계로 가게 되는지 아니면 인간세계로 가게 되는지…….

생각뭉치들이 잠을 자게 내버려두지 않았다.

한 시간쯤 지났을까.

기숙사에서 악령요람 학생들이 모두 빠져 나갔는지 조용하였다.

　그때, 교감 흰비할미가 악령요람에서 빨리 나가지 않으면 사령경찰이 잡아갈 거라고 외치고 다녔다.

('1. 마법이 걸린 굴로'중에서)

　이렇게 빛이 기숙사를 빠져나가지 않으면 안 되는 상황과 함께 앞으로 펼쳐질 이야기를 독자들이 예측할 수 있되, 어떻게 풀려나 갈지를 궁금하게 하는 작가의 의도가 돋보인다. 4편의 마지막 장의 내용은 개학이다. 그러니까 3편은 악령요람이 방학을 해서 빛이 기숙사를 나가 방학동안 겪은 이야기인 셈이다. 마법이 걸린 굴에서 지네에게 물려 독이 퍼진 빛은, 꼬비가 가져온 해독제 때문에 살아난다. 이렇게 꼬비가 빛을 살리고, 도움을 줄 수 있지만 꼬비가 할 수 없고 빛만이 할 수 있는 일이 있다.

'내가 찾아야 할 게 황금보자기라고 했지. 누가 가지고 있는데?'

'마술사가 사라지면서 놓고 갔어. 그걸 누가 훔쳐 간 거야.'

'그걸 왜 내가?'

빛은 뒤늦게야 억울하다는 생각이 들었다.

'넌 야옹개비 눈 야해야. 회색세계와 사바세계를 구할 야해라고. 그래서 회색세계와 사바세계를 위협하는 것이라면 무엇이든지 해결해야 돼.'

꼬비는 이제 와서 새삼스레 따지느냐는 표정을 지었다.

(' 4. 금기'중에서)

이야기의 '단순명쾌'를 이야기할 때 비친 이야기이지만 '아옹개비 눈 아해' 시리즈 전편에 걸쳐 중심축이 되고 있는 이야기가 바로 아옹개비 눈 아해, 즉 '빛'이 아니면 할 수 없는 일이다. 3편과 4편에서 『아옹개비 눈 아해와 황금보자기』로 제목이 바뀐 것은, 아옹개비 눈 아해가 목표를 달성하기 위한 도중에 막아선 작은 방해물을 넘는 이야기라 할 수 있다. 그 중 3장에서 빛에게 주어진 임무는 황금보자기를 찾는 일이다. 이는 마치 돌무더기 속에 있는 보물을 찾기 위해 쌓인 돌을 하나씩 치워야하는 것처럼 빛이 황금보자기를 찾는 일은 본래의 임무를 완수하기 위해 하나의 돌을 치워내는 일과 같은 것이다.

김삼동 작가는 시리즈 이야기의 이런 특성을 최대한 잘 활용하여 독자들의 흥미를 사로잡고 있다. 말하자면 독자의 흥미를 사로잡을 줄 아는 이야기꾼이다.

4. 현실과 양면으로 접한 판타지 세계

판타지는 단순한 공상이야기가 아니다. 판타지의 뿌리는 현실에 깊게 뿌리내리고 있어야 한다. 현실을 붕 떠나서 공상의 세계를 떠다니는 것은 판타지가 아니다. 쉽게 말하면 판타지는 우리가 사는 세계와 밀접한 관계를 갖고 있어야 한다. 이를 풀어 말하자면 판타지 세계의 변화는 우리가 사는 세계에 영향을 끼친다. 김삼동 작가가 구축한 판타지 세계도 늘 현실로 오가는 길을 열어두고 있다.

이제 빛의 몸은 부어서 살진 돼지처럼 변했다. 팔과 다리의 관절이 구부러지지 않아서 걸을 수가 없었다. 기는 것조차 고통이었다.

"제발 야영하지 않았으면 좋겠구나"라고 걱정하던 엄마의 얼굴이 떠올랐다. 귀신 나오는 집이라며 이사 가자던 동생 시아와 밤에 일어난 일들을 들어주던 아빠의 얼굴이 차례로 스쳐갔다.

'엄마!'

갑자기 죽을 수도 있다는 생각을 하니 키워주어서 고맙다고, 거짓말해서 미안 하다고, 말 안 들어서 잘못했다고, 낳아주어서 고맙다고 엄마에게 말하고 싶었다.

('2. 가이루영과 제니령의 습격'중에서)

지면상 한 부분만 가져왔지만 이처럼 '아웅개비 눈 아해와 황금 보자기'에는 판타지 세계의 인물과 현실 세계 인물들이 여러 가지로 연관을 갖고 이야기가 진행된다. 그러니까 판타지 세계의 일과 현실 세계의 일이 동전의 양면처럼 붙어 있어서 하나의 이야기가 진행되는 것이다. 그러니까 그 어느 한쪽이 사라지면 다른 쪽도 의미가 없게 되는 이야기 구조인 것이다. 김삼동 작가는 이렇게 판타지와 현실을 새끼를 꼬듯이 잘 꼬는 능력을 십분 발휘하고 있다.

5. 영혼의 여정과 혼속의 선악의 투쟁

　소설과 시와 동화, 특히 과학소설과 판타지 문학 작가로 『어시스의 마법사』 시리즈를 쓴 미국의 여성작가 어슐러 k. 르 귄은 "판타지는 영혼의 여정과 혼속의 선악의 투쟁을 되새기는 자연스럽고 적당한 언어"라고 말했다. 판타지는 인간의 원초적인 영혼 속에 내재한 선악의 투쟁을 현실로 환하게 보여주는 자연스런 언어라는 말이다. 인간세계에는 현실에서 현실언어로 표현하지 못할 말들이 있다. 그것을 현실세계에서 이해하고 즐기며 받아들일 수 있게 하는 것이 판타지이다. 어슐러 k. 르 귄의 『어시스의 마법사』 는 용과 그림자가 싸우는 이야기로 마법사 게드의 마법 입문과정을 그리고 있다. 2권인 『아투안의 무덤』 에서는 대무녀가 환생한 소녀 테나가 신성한 무덤에서 무녀들과 지내며 성인이 되어가는 이야기다. 김삼동 작가의 '아옹개비 눈 아해' 시리즈는 천 년 동안 도술을 익혀 연옥에서 도망쳐 나왔다는 미흑성 성주의 손에서 세상을 구할 아이로 지목된 '빛'이 악령요람에서 힘을 길러가는 과정에 있다. 말하자면 판타지의 큰 흐름이 세계적인 판타지 작품들처럼 하나의 물줄기처럼 같은 맥락으로 흐르고 있다. 그러나 '아옹개비 눈 아해' 시리즈는 한국의 전설과 한국의 지명, 한국의 정서, 한국의 정신문화에 뿌리를 둔 지극히 한국적인 판타지이다. 판타지는 어차피 문화의 요소에 따라 달라진다. 그러나 그 다른 요소를 읽는 다른 문화에 속한 사람들도 함께 즐길 수 있는 것이 판타지이다.

　김삼동 작가의 판타지는 한국적인 판타지이지만 과거와 현재, 세계 여러 나라들과도 얽혀있다.

'가디니도 알고 있어서 내가 말하지 않으려고 했는데, 그자는 그리스에 있는 타타로스에 갇힌 신들을 만나러 갔다는 소문이 있어.'

'타타로스?'

'잘못을 저지른 신들이 갇힌 감옥 이름이야. 그곳에 갇힌 자들은 마법보다도 더 무시무시한 힘을 가졌어. 그자가 그들을 꾀어내려고 하는 것 같아.'

'한번 갇히면 나올 수 없다고 하던데?'

빛은 그리스 신화에 나온 이야기를 떠올렸다.

'그자는 신출귀몰한 재주를 가지고 있어서 뭐든지 할 수 있어. 지하 천 미터 연옥에서 탈출한 것만 보아도 알잖아. 그자의 능력은 상상 이상이야!'

꼬비가 바짝 다가와 두려운 표정으로 눈말했다.

빛은 꼬비가 두려워하는 것만 보아도 그자가 얼마나 두려운 존재인지를 짐작할 수 있었다.

'타타로스, 신들이 갇힌 감옥?'

빛은 머릿속에 새겼다.

'나중에 너도 알겠지만 이것만은 알아 둬. 그자는 옛날 고려를 정복하려고 했지만 지금은 마음을 바꿨어. 세계를 정복하려는 야망을 가진 자야. 그래서 그자는 세계정복을 반대하는 자들을 하나하나 없앨 계획을 세웠을 거야. 그중 첫 번째가 너야.'

꼬비가 눈에 힘주어서 눈말했다.

('4. 금기' 중에서)

그중 하나가 다가왔다. 못 보던 기이한 동물 사령이었다.

'꼬마야. 네가 혹시 야옹개비 눈 야해냐?'

얼굴은 머리카락 하나 없는 사람인데 몸은 독수리 날개를 가진 새였다. 그가 물었다.

빛은 고개를 끄덕였다. 알 수 없는 강한 힘을 느꼈다.

'너도 황금보자기를 찾으려고 하는구나. 손을 떼는 게 좋을 게다. 머지않아 피 흘리는 싸움이 벌어질 것이다. 그때에는 후회해도 소용없다.'

'아저씨는?'

빛은 괴물이 누구인지 궁금했다.

'잘 기억해 두어라. 나는 바다. 지금의 인도에서 왔다.'

'바다?'

'이름이 한 글자인 바이다.'

'바.'

'언젠가 우리는 만나게 될 것이다.'

바는 알쏭달쏭한 미소를 짓고는 어둠속으로 사라졌다.

몇몇 탐정과 외국인이 있는 골목으로 갔다.

('20. 곱추아저씨의 이중생활' 중에서)

이렇게 빛은 세계를 정복하려는 악한 자들의 야망을 막게 될 인물이다. 이 빛이 더 크기 전에 제거하기 위하여 인도에서까지 괴물이 온다. 세계적인 악과 이를 저지하려는 싸움이다. 어슐러 k. 르귄이 말한 '영혼의 여정과 혼속의 선악의 투쟁'이다.

김삼동 작가의 한국적인 판타지 '아옹개비 눈 아해' 시리즈가 다른 문화에 속한 사람들도 독자로 확보할 수 있을 것으로 기대한다.